Attentat

Amélie Nothomb

Attentat

ROMAN

Albin Michel

© Éditions Albin Michel, S.A., 1997
22, rue Huyghens, 75014 Paris

ISBN : 2-226-09374-5

contre E.

L<small>A</small> première fois que je me vis dans un miroir, je ris : je ne croyais pas que c'était moi. A présent, quand je regarde mon reflet, je ris : je sais que c'est moi. Et tant de hideur a quelque chose de drôle. Mon surnom arriva très vite. Je devais avoir six ans quand un gosse me cria, dans la cour : « Quasimodo ! » Fous de joie, les enfants reprirent en chœur : « Quasimodo ! Quasimodo ! »

Pourtant, aucun d'entre eux n'avait jamais entendu parler de Victor Hugo. Mais le nom de Quasimodo était si bien trouvé qu'il suffisait de l'entendre pour comprendre.

On ne m'appela plus autrement.

Personne ne devrait être autorisé à parler de la beauté, à l'exception des horreurs. Je suis l'être le plus laid que j'aie rencontré : je considère donc que j'ai ce droit. C'est un tel privilège que je ne regrette pas mon sort.

Et puis, il y a une volupté à être hideux. Par exemple, nul n'a autant de plaisir que moi à se balader dans la rue : je scrute les visages des passants, à la recherche de cet instant sacré où j'entrerai dans leur champ de vision – j'adore leurs réactions, j'adore la terreur de l'un, la moue révulsée de l'autre, j'adore celui qui détourne le regard tant il est gêné, j'adore la fascination enfantine de ceux qui ne peuvent me lâcher des yeux.

Je voudrais leur crier : « Et encore, vous ne voyez que ma figure ! Si vous pouviez contempler mon corps, c'est alors que je vous ferais de l'effet. »

Il y a quelque chose de mal digéré au sujet de la beauté : tout le monde est d'accord pour dire que l'aspect extérieur a peu d'importance, que c'est l'âme qui compte, etc. Or, on continue à porter au pinacle les stars de l'apparence et à renvoyer aux oubliettes les tronches de mon espèce.

Comme quoi les gens mentent. Je me demande s'ils en sont conscients. C'est cela qui m'énerve : l'idée qu'ils mentent sans le savoir.

J'ai envie de leur lancer en pleine figure : « Jouez aux purs esprits si cela vous chante. Affirmez encore que vous ne jugez pas les gens sur leur mine, si cela vous amuse. Mais ne soyez pas dupes ! »

Mon visage ressemble à une oreille. Il est concave avec d'absurdes boursouflures de cartilages qui, dans les meilleurs des cas, correspondent à des zones où l'on attend un nez ou une arcade sourcilière, mais qui, le plus souvent, ne correspondent à aucun relief facial connu.

A la place des yeux, je dispose de deux boutonnières flasques qui sont toujours en train de suppurer. Le blanc de mes globes oculaires est injecté de sang, comme ceux des méchants dans les littératures maoïstes. Des pupilles grisâtres y flottent, tels des poissons morts.

Ma tignasse évoque ces carpettes en acrylique qui ont l'air sales même quand on vient de les laver. Je me raserais certainement le crâne s'il n'était recouvert d'eczéma.

Par un reste de pitié pour mon entourage, j'ai songé à porter la barbe et la moustache. J'y ai renoncé, car cela ne m'eût pas dissimulé assez : en vérité, pour être présentable, il eût fallu que la barbe me pousse aussi sur le front et le nez.

Quant à mon expression, si c'en est une, je renvoie à Hugo parlant du bossu de Notre-Dame : « La grimace était son visage. »

Je me nomme Epiphane Otos – Otos comme les ascenseurs, ce qui n'a rien à voir. Je suis né le jour de la fête des Rois mages : mes parents ne parvenaient pas à se décider entre Gaspard, Melchior et Balthazar. Ils ont donc choisi ce prénom qu'ils tenaient pour la somme des trois.

Aujourd'hui que je suis adulte, les gens croient bienséant de me respecter. Il n'empêche qu'ils ont toutes les peines du monde à me nommer Epiphane.

Je suis maigre, ce qui peut être beau chez un homme ; mais ma maigreur est vilaine.

Le Christ sur la croix a une certaine allure avec son ventre creusé et ses côtes lisibles. La plupart des hommes décharnés ressemblent à des vélos, ce qui est joli.

Moi, je ferais plutôt penser à un pneu crevé. A l'exemple des chiens sharpeïs, j'ai trop de peau. Mon ossature débile et ma pauvre chair flottent à l'intérieur de cet accoutrement qui, mal rempli, ne peut que pendouiller.

J'ai essayé de porter des vêtements serrants afin qu'ils jouent le rôle auquel mon épiderme avait renoncé : c'était atroce. Mon enveloppe flasque se plissait comme des bourrelets et j'avais l'air à la fois frêle et gras.

Je m'habille donc trop large : ainsi, je semble squelettique, ce qui ne me répugne pas. Des gens bien intentionnés veulent me conseiller :

— Vous devriez vous nourrir davantage.

— Pourquoi ? Vous voudriez que ma laideur prenne plus de place ?

Car je n'aime pas que l'on s'occupe de moi.

Il y a quelque chose de mal digéré à propos

de Quasimodo : les lecteurs ne peuvent que l'aimer, le pauvre – il est si horrible, on a pitié de lui, c'est la victime née.

Quand il s'éprend d'Esméralda, on a envie de crier à la belle : « Aime-le ! Il est désarmant ! Ne t'arrête pas à son aspect extérieur ! »

Tout cela est bien joli, mais pourquoi attendrait-on plus de justice de la part d'Esméralda que de Quasimodo ? Qu'a-t-il fait d'autre, lui, que s'arrêter à l'aspect extérieur de la créature ? Il est censé nous montrer la supériorité de la beauté intérieure par rapport à la beauté visible. En ce cas, il devrait tomber amoureux d'une vieille édentée : c'est alors qu'il serait crédible.

Or l'élue de son cœur est une superbe bohémienne dont il n'est que trop facile de s'éprendre. Et l'on voudrait nous persuader que ce bossu a l'âme pure ?

Moi, j'affirme qu'il l'a basse et corrompue. Je sais de quoi je parle : Quasimodo, c'est moi.

Mon visage fut épargné par l'acné : cette dernière, telle une pluie de sauterelles, se concentra sur le haut de mon dos.

Là est mon miracle, mon bonheur intime,

l'objet de mon incompréhensible dilection : je porte toute l'horreur du monde sur mes omoplates. Elles ne sont que pustules rouges et jaunes. Même un aveugle serait révulsé s'il y passait la main : le contact granuleux et visqueux en est encore pire que la vision.

Cette plaie d'Égypte s'est jetée sur moi quand j'avais seize ans, l'âge des princesses de conte de fées. Dégoûtée, ma mère m'a emmené chez le dermatologue :

— Cet enfant a la lèpre !

— Non, madame, c'est de l'acné.

— Ce n'est pas vrai. J'ai eu de l'acné, ce n'était pas ça.

— Vous avez eu de l'acné vulgaire. Votre fils est atteint de la forme la plus grave de cette maladie.

— Ça passera avec l'adolescence ?

— Ce n'est pas certain. Nous avons affaire à une pathologie des plus mystérieuses.

— Est-ce à cause de son alimentation ? Cet enfant mange trop riche : trop de chocolat.

— Il y a longtemps que la médecine ne croit plus en ce genre de balivernes, madame.

Piquée, ma mère décida de s'en remettre à

15

son bon sens pour me soigner. Elle m'astreignit à un régime sans graisse, ce qui eut pour seule conséquence de me faire maigrir si vite et si fort que ma peau se décolla de ma carcasse pour ne plus jamais lui être ressoudée. C'est suite à cela que je ressemble à un sharpeï.

Mon acné, qui faisait flèche de tout bois, en profita pour prospérer. En langage volcanologique, on pourrait dire que mes pustules entrèrent en activité : quand je les effleurais des doigts, je sentais sous ma peau une effervescence grouillante.

Ma mère, qui m'aimait de moins en moins, montra le phénomène au dermatologue :

– Et ça, docteur, qu'est-ce que vous en dites ? lui lança-t-elle avec l'étonnante fierté de ceux qui exhibent une aberration dont on doutait qu'elle pût exister.

Comme écrasé par une telle erreur de la nature, le pauvre homme soupira :

– Madame, tout ce que l'on peut espérer, c'est que la maladie ne s'étendra pas.

Chance dans mon infortune, le mal se limita à mes épaules. J'en fus heureux : si ma figure avait été atteinte, je n'aurais plus pu sortir de chez moi.

Et puis, je trouve que l'effet en est ainsi beaucoup plus réussi. Si la nuisance avait recouvert ma carcasse entière, elle eût été moins impressionnante. Semblablement, si le corps humain comportait vingt-cinq sexes au lieu d'un, il perdrait beaucoup de son pouvoir érotique. Ce qui fascine, ce sont les îlots.

Mes omoplates sont une oasis de pure atrocité. Je les contemple dans un miroir et ce spectacle me fait jouir. J'y passe les doigts : ma volupté s'accroît à mesure. J'entre au cœur de l'indicible : je deviens le réceptacle d'une force mille fois plus grande que moi ; mes reins sont poignardés de plaisir – que serait-ce, foutreciel, que serait-ce si cette main était celle d'Ethel et non la mienne ?

Bien entendu, il y a Ethel. Dès qu'il y a Quasimodo, il y a Esméralda. C'est comme ça. Pas d'Ephiphane sans Ethel.

Je jure que je ne me suis pas dit : « Je suis l'homme le plus laid du monde, je vais donc aimer la plus belle d'entre les belles, histoire de rester dans les grands classiques. » Cela s'est fait malgré moi.

J'avais vu cette annonce dans le journal : « Casting : cherche homme hideux pour film d'art. » La sobriété du texte m'avait plu : de cet homme on ne précisait ni la race ni l'âge souhaités. « Hideux », point final. Ça me parlait. Aucun autre adjectif en cet énoncé. L'allusion au « film d'art » me laissa sceptique : n'était-ce pas un pléonasme ? L'instant d'après, je songeai que cela eût dû en être un mais que ce n'en était pas un. Nombre de longs et courts métrages pouvaient en attester.

Je me rendis au lieu dit.

– Non, monsieur. Nous tournons un film d'art, pas un film d'horreur, me signifia une dame.

Je ne savais pas que les castings servaient à insulter les gens.

– C'est pour vous défouler que vous faites ce métier, madame ?

Je m'approchai d'elle pour lui casser la figure. Je n'en eus pas le temps : son garde du corps m'envoya au tapis. Je perdis connaissance.

Une fée était agenouillée auprès de moi et me caressait la main.

– Les salauds, ils vous ont défiguré, murmura une voix venue du ciel.

Encore entre deux eaux, je crus honnête de préciser :

– Non, mademoiselle, j'étais déjà comme ça avant.

Je lui parlais sans peur parce qu'elle était la création de mon évanouissement. J'avais inventé cette beauté, comme le prouvait son allure étrange : sa tête était ceinte d'un genre de diadème en métal rudimentaire, arborant des cornes de taureau. En sa longue tunique noire et païenne, son corps était un secret.

J'admirai mon œuvre. Je l'avais faite, j'avais donc tous les droits. Je soulevai mon bras et attouchai le visage de l'ange. Ses traits n'exprimaient ni dégoût ni pitié, rien qu'une impérieuse douceur. Les cornes d'aurochs exaltaient sa superbe.

Comme elle était ma créature, je lui commandai :

– Et maintenant, vous allez dire les vers de Baudelaire :

« Je suis belle et j'ordonne

Que pour l'amour de moi vous n'aimiez que le beau.

Je suis l'ange gardien, la muse et la madone. »

Elle sourit. Mes doigts effleuraient sa peau blanche d'altesse porphyrogénète. Elle était à moi. Je chantais les béatitudes.

Ce fut alors qu'un homme cria :

– Ethel !

Ce n'était pas ma voix.

– Ethel !

Cette fée n'était pas mienne.

Le régisseur l'appelait pour qu'elle passe au maquillage. Ethel était la jeune première du film.

Elle me souleva avec une force étonnante.

– Venez avec moi. La maquilleuse pourra peut-être vous arranger.

Je titubai jusqu'au studio, affalé sur l'épaule de mon ange gardien.

– Il est dans le film ? demanda la grimeuse.

– Non. Les gens du casting l'ont traité comme un chien. Il a voulu riposter, alors Gérard lui a cassé la figure. Regarde sa tempe.

Je m'assis devant le miroir et constatai que la lisière de mon front saignait : bizarrement, j'étais moins laid comme ça – ou plutôt, ma laideur semblait moins choquante à côté de cette plaie. Je me trouvai à mon avantage et je fus heureux à l'idée que la belle m'avait découvert dans cet état.

La maquilleuse alla chercher de l'alcool à 90 degrés.

– Attention, je dois désinfecter. Ça va faire mal.

Je poussai un cri de douleur. Je vis Ethel serrer les dents, par empathie avec ma souffrance : j'en ressentis un trouble violent.

Lavée de son sang, la fente devint visible : nette comme une branchie, elle reliait mon sourcil gauche à mes cheveux.

– Ça me manquait, dis-je, amusé.

– J'espère que vous allez porter plainte, s'indigna l'actrice.

– Pourquoi ? Sans ce Gérard, je ne vous aurais pas rencontrée.

Elle ne releva pas cette déclaration.

— Si vous ne protestez pas, ces gens continueront à se croire tout permis. Marguerite, tu ne lui mettrais pas un sparadrap ?

— Non, il vaut mieux que la plaie respire. Je vais vous badigeonner de mercurochrome. Désolée, monsieur, ce ne sera pas très joli.

Ces saintes femmes me parlaient comme si cette ligne rouge allait être la seule horreur de ma figure. Je bénis la colère qui les aveuglait.

Marguerite fut généreuse en mercurochrome. Nervalien, je murmurai : « Mon front est rouge encor du baiser de la reine... » Je me souvins alors que le dernier mot de ce sonnet était « fée » et je me tus, dans la peur absurde de dévoiler mon secret.

Ethel me remplaça sur le fauteuil de maquillage. Je déplorai que mon corps toujours froid ne lui ait pas préchauffé le siège : je ressens moi-même une émotion presque érotique quand, dans le métro, je m'assieds à une place qu'une femme vient de quitter et que ses fesses ont tiédie.

Je feignis l'état de choc.

— Vous permettez que je reste assis un instant ? balbutiai-je en m'écroulant sur une chaise.

— Bien sûr, me dit-elle avec douceur.

— Appelez-moi Epiphane.

Je ne sus si elle m'avait entendu. Je m'abîmai dans la contemplation du maquillage, qui fut un moment d'amour entre ces deux femmes. Ethel, avec toute la confiance du monde, offrait son visage admirable à Marguerite. Celle-ci se penchait sur lui, solennelle, consciente de l'importance du cadeau. Elle lui prodiguait des soins jaloux, le caressait de cent façons plus délicates les unes que les autres.

L'instant suprême fut celui où la peintre dit à la toile :

— Ferme les yeux.

Elle lui demandait donc de se donner les yeux fermés. L'actrice s'exécuta et je découvris ses paupières merveilleuses. Sur ces deux écrans vierges, l'artiste traça des signes abstraits, à moins qu'il ne se fût agi de quelque calligraphie ésotérique.

« Le maquillage est un culte à mystère », pensai-je, ébloui.

S'ensuivit le passage du rouge à lèvres, d'une

obscénité si radieuse que je m'étonnai d'être admis à un tel spectacle. Si ces femmes avaient été honnêtes, elles m'auraient jeté dehors. En vérité, elles avaient oublié ma présence : cette omission fut pour moi comme la faveur des faveurs – Quasimodo toléré au cœur du gynécée.

– C'est fini, dit Marguerite au terme de ce moment de grâce.

– C'est parfait, sourit la belle, heureuse de son image dans le miroir.

Un mufle entra et s'emporta à cette vue :

– Qu'est-ce que c'est que ça ? Vous n'avez rien compris ! Nous tournons un film d'art !

– Mon maquillage, c'est de l'art, protesta la jeune femme.

– Mais non. Tu l'as embellie.

– Je ne l'ai pas embellie, j'ai exalté sa beauté. Si tu voulais une mocheté, il ne fallait pas choisir Ethel.

– Tu n'as rien compris, rugit le type.

– Bon. Alors débrouille-toi.

Le rustre, qui n'était autre que le réalisateur, s'approcha de la jeune première et la barbouilla. J'appris ce jour-là que la beauté était désormais considérée comme incompatible avec l'art.

J'aime mon histoire parce qu'elle est tarte. Un pou qui tombe amoureux d'une créature de rêve, c'est tellement caricatural. Le mieux ou le pire, c'est qu'elle – qui, elle ? Elle, voyons ! – est actrice. C'est ce qui s'appelle accumuler les conventions. Esméralda est une bohémienne, ce qui implique, entre autres, qu'elle est comédienne.

En vérité, une fille dont on tombe amoureux devient aussitôt, qu'elle le veuille ou non, une actrice. Même et surtout si elle ne partage pas votre sentiment – et mille fois plus encore si elle n'est pas au courant de votre passion.

Ce dernier cas est rare et sublime. Je l'ai vécu. Aussi longtemps que j'ai eu l'intelligence de taire ma folie, j'ai connu les délices de cet amour ascétique : être le spectateur insoupçonné de mon actrice qui n'eut jamais autant de talent que pour moi. Je la voyais jouer à son insu le plus grand de ses rôles : elle était celle qui inspire l'amour de toute éternité.

Rien ne comble autant que l'ascèse. Si je n'avais éprouvé le besoin le plus primaire qui soit, celui de parler, il n'y aurait eu aucun problème.

Elle m'avait vu martyr de la laideur, je l'avais vue martyre de l'art : il y avait de quoi créer des liens.

— Qu'est-ce qu'il fout ici, celui-là ? demanda le réalisateur qui venait de s'apercevoir de ma présence.

— Il se présentait au casting et le salaud de Gérard l'a amoché, répondit Ethel avec défi.

— Il ne l'a pas pris ? Dommage. Je l'aurais bien vu dans le rôle de l'embaumeur.

— C'est tout ce qui te choque, dans cette affaire ? Et qu'on lui ait cassé la figure, tu trouves ça normal ?

Ils parlaient de moi, sous mon nez, à la troisième personne. On commet souvent cette impolitesse à mon égard : mon aspect fait de moi un tiers par excellence.

— Il veut faire du cinéma, ce type ?

— Demande-lui.

– Vous voulez vraiment jouer dans mon film ?

– Non.

– Le cinéma, ça ne vous tente pas ?

Ça me tentait, et comment ! Quelle question idiote ! Serais-je venu, si ça ne m'attirait pas ? Si Ethel n'avait pas été là, j'aurais dit oui. Mais elle m'écoutait et je voulais me poser en héros blessé dans sa dignité. Aussi répondis-je :

– Non.

– Pourquoi êtes-vous venu, en ce cas ?

– Pour voir.

– Bon. Je n'ai pas que ça à faire. On y va.

Ils s'en allèrent. J'enrageais qu'il n'ait pas insisté plus longtemps : mon rôle de victime admirable avait tourné court.

Je les suivis sur le plateau. Je ne tardai pas à me féliciter de mon refus : qui eût pu croire que le cinéma était un métier aussi fastidieux ? Pendant deux heures, je n'ai guère entendu que le mot « coupez ! ». Non pas pour passer à une autre scène, mais pour jouer à chaque fois le même morceau de l'histoire.

C'était assommant. Le réalisateur, qui s'appelait Pierre, trouvait à chaque séquence des défauts qu'il semblait le seul à comprendre :

– C'est fuyant !

Ou alors :

– C'est filandreux !

Ou encore, quand il manquait d'inspiration :

– C'est nul !

L'équipe était exaspérée. Je me demandais ce qu'ils attendaient pour le laisser en plan.

Pourtant, au départ, j'étais enthousiaste. Le studio reproduisait une arène expressionniste avec des ombres peintes et des cadavres à la place des spectateurs. Ethel devait jouer le rôle principal, celui d'un jeune taureau fou qui s'éprenait du matador et le lui exprimait en lui transperçant le ventre avec ses cornes.

Je jugeais cette idée magnifique et riche de sens : « Chacun tue ce qu'il aime », a écrit Wilde, l'un de mes saints patrons. J'attendais le moment où je verrais la belle foncer, cornes en avant, vers celui que j'aurais voulu être et l'embrocher, le soulever de terre, le porter au-dessus de sa tête en galopant. J'espérais que le sang de la victime coulerait sur la figure de l'aurochs qui tendrait sa langue pour le lécher.

Le réalisateur ne partageait visiblement aucun de mes points de vue esthétiques. Je jetai un œil sur le scénario qui circulait. On eût cru un procès-verbal à l'usage d'un syndicat de vétérinaires.

J'ai tendance à être stupide. Je jugeai opportun d'avertir Pierre de mon opinion, entre deux « coupez ! ». Il me regarda des pieds à la tête et reprit son activité sans me dire un mot.

En deux heures de tournage, je n'eus droit qu'à un seul embryon de séquence : un zombie ouvrait la porte au taureau sublime qui entrait dans l'arène. Le plan, qui devait durer quatre secondes, n'était pas le plus important du film, à en juger par la platitude de son agencement. Personne n'avait l'air de comprendre pourquoi le tyran s'obstinait à le recommencer.

Je ne doutai plus de la nature angélique d'Ethel : jamais son visage ne laissa soupçonner la moindre trace d'agacement ou d'impatience. Il n'y avait qu'une personne en ce lieu qui ne fût pas au bord de la crise de nerfs : c'était elle.

Le réalisateur finit par clamer :

— Rompez ! Inutile d'insister, vous êtes tous nuls aujourd'hui.

Je pensai que la foule allait le lapider. En quoi je me trompais : son attitude odieuse lui valait le respect le plus sincère. « Quel artiste ! » entendis-je murmurer.

— Quel crétin, dit la jeune première à Marguerite qui la démaquillait.

Les deux filles eurent un rire de connivence.

— Si c'est ce que vous pensez, intervins-je, pourquoi travaillez-vous avec lui ?

— Vous êtes encore là ?

— J'ai assisté au tournage. Que ne lui rendez-vous votre tablier ?

Elle haussa les épaules.

— Un contrat est un contrat. J'ai tendance à bien me conduire.

— Et au départ, pourquoi aviez-vous accepté ?

— Le synopsis me plaisait. J'étais emballée à l'idée de jouer un taureau. Ça me change de ces rôles ridicules de jeunes femmes modernes. Pierre est un cinéaste très estimé dans le sérail. Je ne m'attendais pas à tomber sur une telle caricature.

Je bénis à nouveau celui qui m'avait cassé la gueule. Sans lui, les deux créatures auraient été en droit de me demander pourquoi je ne les quittais pas. Mon statut de victime de leur propre bourreau me valait des égards charmants.

Je voudrais y être encore. C'était il y a un an. J'ai du mal à le croire : il m'est arrivé plus de choses en cette dernière année que pendant les vingt-neuf années de vie qui l'ont précédée.

Je me rappelle avoir dit ceci :

– Votre visage est un merveilleux palimpseste : recouvert d'abord des fards de Marguerite puis du barbouillage du réalisateur. Et le démaquillage ressemble à un travail d'archéologue.

– Quelle éloquence et quelle sensibilité, nous n'y sommes ici guère habituées.

Aujourd'hui, je pense qu'elle se moquait de moi, mais dans l'ivresse où j'étais, je croyais ses moindres paroles. Elle m'y aidait : on ne m'avait jamais parlé avec autant de douceur de toute mon existence. C'était comme si pour elle n'existait pas cette difformité qui m'accompagnait depuis la naissance.

Dans ses journaux intimes, Baudelaire note que « la volupté unique et suprême de l'amour gît dans la certitude de faire le mal ». J'avais toujours considéré cette phrase comme une théorie intéressante qui me concernait aussi peu que la physique quantique ou la dérive des continents.

Je n'avais jamais imaginé un instant que je pourrais tomber amoureux. Je n'y avais même pas songé ; n'était-il pas établi, depuis la pré-histoire des soupirs, que les laids n'avaient pas leur place dans ce jeu-là ?

Le soir de ma rencontre avec Ethel, le propos de Baudelaire me revint à l'esprit et pour la première fois je me demandai s'il correspondait à un désir profondément enfoui. Ce fut alors que je me rendis compte d'une chose surpre-nante : je n'avais pas la moindre idée de ce dont j'avais envie. Il me manquait des années de préparation mentale, les années que les ado-lescents consacrent à façonner et remâcher leurs idéaux en matière de sublime ou de cochonneries.

Ma copie était vierge. Au fond, la laideur

m'avait conservé en une fraîcheur extrême : je devais tout inventer. Je n'avais plus vingt-neuf ans, j'en avais onze.

Je me mis au travail avec l'ardeur du néophyte. Je consultai de nombreuses instances : l'encyclopédie, mon sexe, Sade, le dictionnaire médical, *La Chartreuse de Parme*, les films X, ma dentition, Jérôme Bosch, Pierre Louÿs, les petites annonces, les lignes de ma main.

Je méditai Bataille : « L'érotisme est l'approbation de la vie jusque dans la mort. » Il devait y avoir du vrai là-dedans, mais quoi ? J'essayai de démontrer cela par écrit comme en mathématiques. Le résultat fut d'une incontestable élégance.

Comme ces activités ne m'avaient pas renseigné, je décidai de plonger au cœur de mes souvenirs. Je m'allongeai sur le sol, bras et jambes en croix, yeux clos, et je descendis en moi-même. Mes paupières me tenaient lieu d'écran cinématographique. Y furent projetées des images si ridicules que je fus tenté d'interrompre l'expérience aussitôt.

Je me confortai en pensant que l'érotisme

était nécessairement grotesque : pas de désir sans transgression – et quelle transgression plus délectable que celle du bon goût ?

Je continuai à regarder mon film intérieur. Peu à peu, j'eus l'impression de reconnaître la séquence. On y voyait des Romains aux jeux du cirque, des premiers chrétiens jetés en pâture aux lions. J'eus bientôt la certitude de ne pas avoir extrait ces motifs de quelque navet hollywoodien, de les avoir bel et bien créés moi-même. Quand ? Ce devait être longtemps auparavant : les couleurs avaient la force de l'enfance.

La mémoire s'abattit sur moi comme la foudre : j'avais onze ans. Couché sur mon lit, je me repaissais de *Quo vadis ?*, lecture à grand spectacle. C'était formidable. Il y avait la jeune et belle Lygie, princesse chrétienne, vendue à un jeune, beau, brutal et bête patricien romain qui la voulait pour esclave. Mais ce Latin imbécile s'éprenait de cette vierge et préférait conquérir son cœur que la violer. C'était sans compter sur le prosélytisme naturel aux vierges chrétiennes : « Vinicius [ainsi se nommait le bête Romain], je serai tienne si tu te convertis à ma religion. »

C'était alors que Néron, dans sa fantaisie exquise, brûlait Rome pour écrire un poème. Ensuite, il désignait les chrétiens comme coupables et les persécutait en masse, pour la plus grande joie du peuple : c'était un empereur qui avait le sens de la politique.

Après des pages et des pages de crucifixions et de repas de lions, arrivait la scène culminante. Néron, cet habile jouisseur, avait gardé le meilleur pour la fin : un taureau fou furieux débouchait dans l'arène avec, ligotée sur son dos, la jeune Lygie nue, aux longs cheveux épars. Idée excellente que de livrer, à un aurochs enragé, une belle princesse chrétienne, vierge jusqu'aux dents.

Les cordes avec lesquelles on l'avait attachée à l'animal étaient peu serrées, de sorte que tôt ou tard il parvienne à la détacher de son corps pour venir la piétiner, la transpercer ou lui faire tout ce dont les taureaux ont l'habitude de gratifier les pucelles déshabillées.

J'étais en extase à l'idée de ce qui allait se passer. C'était à ce moment que cet écrivain polonais au nom imprononçable démolissait la scène la mieux préparée de l'histoire du désir : Vinicius, le stupide Romain amoureux, se jetait dans l'arène et n'écoutait que son courage qui avait perdu une fameuse occasion de se taire. Il réglait son compte à l'aurochs comme s'il s'était agi d'un caniche, sauvait Lygie sous les acclamations de la foule et se convertissait au christianisme.

Mes onze ans en pleine érection en furent indignés. Je jetai par terre ce livre malhonnête et, en proie à un désespoir furibond, j'enfouis ma tête sous l'oreiller.

Le miracle eut lieu. Le génie de l'enfance annula ces péripéties idiotes et me métamorphosa en taureau furieux bondissant dans l'arène.

Lygie nue est accrochée à mon dos. Je sens ses fesses virginales et ses reins archangéliques. Ce contact me rend fou, je me mets à ruer, à sauter, à courir. A force de gesticuler, le corps de Lygie se retourne à cent quatre-vingts degrés. Ses seins pointus se collent à mes omoplates, son ventre et son sexe sont écartelés sur mon échine saillante. Je suis un aurochs et tout ceci me déchire la cervelle. Furibard, je décide que cette créature tombera de moi.

Je ne suis que bonds et rebonds, je me cabre, je me dépoitraille. Les cordes se relâchent, Lygie coule sur le sol, elle ne tient plus à moi que par un pied. Je galope en la traînant par terre comme le cadavre qu'elle sera bientôt. Ses jambes écartées dévoilent à la foule une virginité qui n'en a plus pour longtemps. La princesse souffre de cette indécence et j'en suis content. Tu as mal, Lygie ? C'est bien — et ce n'est rien comparé à ce qui t'attend. Ça t'apprendra à être une pucelle chrétienne nue, dans un roman polonais à l'usage des adolescents.

En une dernière et athlétique ruade, je parviens à détacher de moi la jeune fille qui effectue un vol plané et s'effondre dix mètres plus loin. Le peuple romain ne respire plus. Je m'approche de la proie et je contemple son joli derrière. Je la retourne avec mon sabot et j'adore la peur qui jaillit de ses beaux yeux, j'adore le frémissement de ses seins intacts.

Le plus grave, Lygie, c'est que tu es d'accord. Et tout le monde est d'accord sur ce point : où serait l'intérêt d'être une jeune vierge chrétienne si ce n'était pour être défoncée par un taureau coléreux ? Ce serait t'insulter que de te fiancer à ce gendre idéal converti par tes soins. Imagine la platitude de vos hyménées blanchâtres, la droiture grotesque de son visage quand il te prendra.

Non. Tu n'es pas pour lui, tu es trop bien pour ça. Tu es pour moi. A ton insu ou non, tu l'as fait exprès : pourquoi te serais-tu préservée avec tant de soins et d'efforts si ce n'était pour être saccagée ? Il y a une loi dans l'univers : tout ce qui est trop pur doit être sali, tout ce qui est sacré doit être profané. Mets-toi à la place du profanateur : quel intérêt y aurait-il à profaner ce qui n'est pas sacré ? Tu y as sûrement pensé en te gardant si blanche.

Il n'y a pas plus chrétien qu'une vierge martyre, il n'y a pas plus païen qu'un taureau furieux : c'est pour ça que le peuple est si content. Il en aura non pas pour son argent, puisque le spectacle est gratuit, mais pour sa haine, sa propension naturelle à détester les lys et les salamandres.

Selon Homère, le front du taureau est le symbole de la bêtise. Il a raison. J'aime être un aurochs parce que j'aime être bête. Et c'est en vertu de ma bêtise que l'on te livre à moi avec tant de joie : si j'étais le rusé renard, on ne m'eût pas offert pareil cadeau. Tu vois, c'est bien d'être bête.

Il n'est plus temps d'avoir peur, il est temps d'avoir mal. J'enfonce mes cornes dans ton ventre lisse : c'est une sensation fabuleuse. Quand tu es agrippée, je te hisse par-dessus ma tête. Les gens hurlent et toi tu cries. Je suis le héros du jour. Je me balade avec toi comme couvre-chef : à ma gauche, tes jambes, à ma droite, tes bras, ton visage pâmé, tes cheveux qui balaient le sol. Très fier de moi, je fais un tour de piste pour recueillir les applaudissements du public. Lorsque ces amusements ne suffisent plus à mon ivresse, je passe aux choses sérieuses. Mes cornes sont en toi mais elles ne t'ont pas transpercée : je me cabre à plusieurs reprises de sorte que tu t'enfonces sur moi.

Chaque fois que je retombe par terre, je me sens plus loin en toi. Arrive enfin ce qui devait arriver : un craquement, et mes cornes ont franchi ton ventre, elles ressortent par ton dos et tes reins, leurs pointes sont à l'air libre. Les gens les voient et m'acclament de plus belle. Je suis content.

Je me mets à bondir comme un fou pour manifester mon triomphe. Ton sang dégouline à présent sur mon front et dans mon cou. Il parvient à mes naseaux, son odeur m'enrage. Il coule jusqu'à ma bouche, je le lèche, il a le goût du vin nouveau, il me saoule. Je t'entends gémir et ça me plaît.

A force de gesticuler, un voile rouge me recouvre les yeux : c'est ton sang qui m'aveugle. Je ne vois plus rien et ça m'énerve : je cours sans savoir où je vais, je me fracasse plusieurs fois contre les murs de l'arène, ça doit te faire mal. De guerre lasse, je penche ma tête contre le sol : tu tombes de mes cornes le long de ma tête, ta peau essuie mes yeux et me rend la vue.

Tu es couchée par terre, tu respires encore. Je contemple ton ventre lacéré par mes soins : c'est magnifique. Ton visage blafard a une expression exaltée, proche du sourire : je savais que tu aimerais ça, Lygie, ma Lygie, maintenant tu es vraiment à moi.

Et comme tu es à moi, je fais de toi ce que je veux. Je viens boire le sang tiède dans ton ventre, révélant ainsi que les taureaux cessent d'être végétariens devant les vierges.

Ensuite, sous les acclamations du peuple de Rome, je te piétine jusqu'à ce que ton corps soit méconnaissable. C'est un défoulement exquis. Je laisse ton visage intact afin que ses expressions restent lisibles : car ce qui m'intéresse, c'est comment ton âme se porte. Il n'y a pas de sadisme chez les braves matérialistes, il n'y en a que chez les ultra-spiritualistes de mon espèce. Il faut de l'esprit pour être bourreau.

Le tableau est admirable : il y a cette bouillie informe qu'est ton corps, qui ressemble désormais à un fruit éclaté, et au-dessus de cette compote il y a ton cou parfait et ta figure au sommet de sa grâce. Tes yeux boivent le ciel, à moins que ce ne soit le contraire. Tu n'as jamais été aussi belle : en martelant ta carcasse avec mes sabots, j'ai fait remonter toute ta splendeur vers ta tête, comme s'il s'était agi d'un tube de dentifrice.

Ainsi, grâce à moi, il t'est donné d'être parfaitement idéalisée. Je mets mon oreille d'aurochs près de ta bouche et je guette ton dernier soupir. Je l'entends s'exhaler, c'est plus délicat qu'une musique de chambre – et au même instant, toi et moi, nous mourons de plaisir.

« Qui veut faire l'ange fait la bête. » Moi, j'ai fait la bête, et comme tel j'ai connu la volupté de l'ange.

Entre-temps, j'ai onze ans, je retire l'oreiller que j'avais écrasé sur mon crâne et je me lève, pantelant de délectation. Mon cerveau a été soufflé comme un immeuble sous l'effet d'une explosion nucléaire. J'ai joui si fort que je dois être devenu beau : je cours vérifier cette conviction dans le miroir.

Je regarde mon reflet et j'éclate de rire : je n'ai jamais été aussi laid.

Qu'on vienne encore me parler de la beauté intérieure de Quasimodo !

J'eus à nouveau vingt-neuf ans. Je me rendis compte que c'était mon enfance qui avait joué le rôle de mon adolescence : à l'âge de treize ans, j'avais mis mon sexe au placard. Il n'en avait plus été question depuis. Pourquoi ? Je ne le sais pas très bien. Mon physique a cer-

tainement joué un rôle énorme dans cette cen-
sure.

C'est à la fois facile et difficile à comprendre.
J'ai connu pas mal d'hommes affreux qui
avaient une vie sexuelle : ils couchaient avec
des femmes laides ou alors ils allaient chez les
putains.

Le problème, avec moi, c'est que dès ma
prime jeunesse j'ai éprouvé une attirance exclusive pour les pures beautés. C'est pour cela,
j'imagine, qu'à l'âge de treize ans j'ai congédié
mon sexe : la lucidité m'était brutalement tom-
bée dessus. Avec les vierges séraphiques, je
n'avais aucune chance.

A seize ans, l'acné s'abattit sur mes omoplates comme une confirmation théologique :
j'étais le rebut de la création. Ensuite ma peau
se mit à pendre et j'entrai dans la phase comique de ma laideur, qui était devenue trop ridicule pour être respectable.

Dès lors, ma sexualité ne s'exprima qu'à travers deux activités : la masturbation et l'épou-
vante. L'onanisme correspondait au versant
mystique et ténébreux de ma personnalité. En
revanche, quand j'avais besoin d'émotions éro-

tiques plus sociales, je me baladais dans la rue et j'observais les réactions des gens qui me voyaient : je leur offrais en toute obscénité ma laideur, je faisais d'elle un langage. Les regards dégoûtés des passants me donnaient l'illusion d'un contact, l'impondérable sensation du toucher.

Ce que je convoitais le plus, c'était l'effarement des belles jeunes filles. Mais il était ardu d'entrer dans leur champ de vision : la plupart d'entre elles ne contemplaient que leur propre reflet dans les vitrines.

D'autres préféraient admirer leur image dans les yeux des gens : avec celles-ci, je vivais de grands moments. Leurs regards distraits cherchaient mes prunelles pour s'y chérir et sursautaient d'effroi quand leur apparaissait l'infamie du miroir. J'adorais ça.

Ma perplexité fut sans limites, il y a un an, lorsque Ethel eut pour moi des yeux amicaux et dénués du refus auquel j'étais habitué. C'était comme si elle ne s'était pas aperçue du scandale que j'incarnais.

N'eût-elle été « que » sublime, je l'aurais déjà aimée, car aucune beauté ne me plut à ce point. Mais s'y ajoutait le miracle de son aveuglement, qui me rendit fou d'elle au dernier degré.

La réminiscence de mon orgasme enfantin acheva de me perturber la raison : le taureau qu'Ethel était censée jouer au cinéma était sans nul doute le symbole de notre destin commun.

Il me fut facile de gagner l'amitié de l'actrice. Rien ne lui semblait bizarre : ni mon apparence, ni ma présence récurrente sur les plateaux de tournage, ni les questions que je lui posais. Elle eût pu cependant s'offusquer de mon indiscrétion :

– Tu es amoureuse en ce moment ?

– Non.

– Pourquoi ?

– Personne ne m'inspire.

– Ça te manque ?

– Non. L'amour, c'est des ennuis.

Je regrettais ce tutoiement qu'elle m'avait très vite proposé et qui est la règle dans les métiers du spectacle.

– Tu as eu des ennuis avec des hommes, dans le passé ?

— Beaucoup. Et quand je n'avais pas des ennuis avec eux, j'avais l'ennui, ce qui n'est pas mieux.

— En effet, dis-je d'une voix blasée, alors que je n'avais jamais connu ni l'ennui ni les ennuis dont elle parlait.

— Et toi, tu es amoureux ?

Elle n'avait aucune conscience de son incongruité. C'était comme si elle demandait à un tétraplégique s'il dansait le tango.

— Moi, c'est le calme plat, comme toi, répondis-je avec indifférence.

Un jour, je ne pus m'empêcher de lui poser la question qui m'obsédait :

— Pourquoi es-tu si gentille avec moi ?

— Parce que je suis une gentille fille, dit-elle, limpide.

C'était la vérité et cela ne m'arrangeait pas du tout. Comment avoir la moindre prise sur la bonté ? Comment la provoquer ?

Le plus souvent, je lui parlais de choses qui ne m'intéressaient absolument pas. Le but du jeu était de la regarder, ce qui constituait l'occupation la plus délectable que j'ai connue dans ma vie. La plus profonde de ses gentillesses était qu'elle se laissait contempler et même complimenter : c'était très généreux de sa part.

— Que tu es belle ! ne pouvais-je me retenir de dire de temps en temps.

Elle souriait, comme si cela lui faisait plaisir.

Cette réaction me bouleversa si fort que je me crus autorisé à en dire autant à d'autres jolies femmes. Ce qui me valut des regards outrés, des moues incommodées ou des propos aussi agréables que : « Quel con, ce type ! »

A l'une d'elles qui venait de me rabrouer, je demandai :

— Enfin ! Je vous ai parlé avec galanterie, sans trace d'obscénité, sans arrière-pensée. Pourquoi m'agressez-vous ?

— Comme si vous ne le saviez pas !

— C'est parce que je suis laid ? En quoi la laideur m'empêche-t-elle d'avoir bon goût ?

— Mais non, ce n'est pas parce que vous êtes moche !

— Pourquoi, alors ?

— Dire à une femme qu'elle est belle, c'est lui dire qu'elle est bête.

Je restai un instant bouche bée avant de rétorquer :

– C'est donc vrai que vous êtes bête, et vous le confirmez.

Je reçus une gifle.

Je m'en ouvris à Ethel :

– Si je te traite de beauté, te sens-tu traitée d'idiote ?

– Non. Pourquoi ?

Je lui racontai comment les autres filles accueillaient mes compliments. Elle rit puis commenta :

– Tu sais, elles ne sont pas les seules à être stupides. J'entends à longueur de temps de la part de filles plutôt disgraciées : « Il ne suffit pas d'être belle ! » Or je ne me suis jamais conduite comme s'il suffisait d'être belle – alors qu'elles se conduisaient comme s'il leur suffisait d'être laides !

– Leur attitude est au moins explicable : elles sont jalouses.

– Il y a de cela. Mais le fond de l'affaire est plus grave : la vérité, c'est que la beauté n'est pas aimée.

– Moi, j'aime la beauté.

– Toi, tu es spécial.

– Tout le monde aime la beauté.

– Je t'assure que ce n'est pas vrai.

Je commençai à m'énerver :

– Tu ne vas quand même pas me dire que tu aurais préféré être moche !

– Calme-toi. Non, je ne vais pas te dire ça. C'est difficile à comprendre et encore plus délicat à expliquer. Je peux seulement te jurer que j'ai vécu cent situations qui me l'ont prouvé : la beauté n'est pas aimée.

– Et la laideur, tu crois qu'elle est aimée ? lui demandai-je avec colère.

– Je n'ai jamais dit ça. Non, je pense que les gens aiment ce qui n'est ni beau ni laid.

Je ne parvenais plus à assister au tournage du film tant il m'énervait. La pauvre Ethel grimée par cet imbécile de réalisateur et qui recevait pour instruction d'effleurer le matador avec ses cornes quand il eût fallu l'embrocher – non, c'était plus que je n'en pouvais supporter.

Un jour sur deux, je venais chercher la jeune première à la sortie des studios. A chaque fois, elle m'accueillait avec un sourire :

– Epiphane ! Tu es là.

Elle en semblait ravie et moi, je manquais m'évanouir de joie. Je l'emmenais boire un verre. Elle me racontait les nouvelles psychoses de Pierre et l'évolution du long métrage. Elle concluait toujours par :

— Ce sera le pire navet de l'histoire du cinéma.

Vers vingt heures, je la raccompagnais chez elle. J'aurais voulu rester avec elle plus longtemps mais je ne voulais pas avoir l'air de chercher à la séduire.

— Sais-tu qu'avant toi personne ne m'appelait Epiphane ?

— Comment t'appelait-on ?

— Quasimodo.

— Pourquoi ? Tu es bossu, tu es carillonneur ?

— Non. Je suis laid.

Elle eut un rire sincère qui m'enchanta. Elle ne chercha pas à nier sottement : « Non, tu n'es pas laid » — cela m'eût fait grimper au plafond. Puis elle dit :

— J'aime ton nom. Il te ressemble.

— Aussi laid ?

— Non. Il est bizarre.

– Je suis bizarre ? En quoi le suis-je ?

Elle mit un temps avant de répondre :

– Tu ne dis jamais de choses blessantes ni d'idioties.

– Et c'est bizarre, ça ?

– C'est très bizarre.

J'eus envie de lui baiser les pieds. On ne m'avait jamais rien dit qui me plût autant. La nuit, dans mon lit, je m'aperçus que cette bribe de conversation ne cessait de repasser en moi. Comme une musique adorée, je l'avais programmée en boucle.

« Le beau est toujours bizarre », dit Baudelaire. Certes, la logique ne m'autorisait pas à inverser la phrase : ce qui est bizarre n'est pas toujours beau. Mais le simple fait que je sois associé à la principale propriété de la beauté, à savoir la bizarrerie, me portait au comble de l'ivresse.

J'eus ma première insomnie pour excès d'amour.

C'était au temps où je finissais de dissiper mon héritage grec. J'avais eu un oncle qui n'était pas plus grec que vous et moi mais qui avait amassé une fortune considérable en d'obscures circonstances helléniques. Quand il mourut, une cascade de drachmes me coula dessus. En dépit des droits que j'eus à payer, il me resta de quoi être insouciant pendant quelques saisons.

Lorsque je reçus ce magot inattendu, ma première tentation fut la chirurgie esthétique. C'eût été perdre tout l'argent en un coup, certes ; seulement, il suffisait d'un regard rapide dans le miroir pour comprendre que ce n'eût pas été du luxe.

Virgile s'interposa : *Timeo Danaos et dona ferentes*. Il fallait reconnaître que l'origine grecque de cette manne céleste la rendait suspecte : sans doute y avait-il lieu d'y voir un avertissement des dieux de l'Olympe.

Je me contemplai nu dans la grande glace. Le problème n'était que trop clair : il n'y avait rien qu'il ne fallût pas changer. Un visage normal au sommet de ce corps monstrueux eût été déplacé et eût exagéré son impact tératogène. En vertu d'une logique identique, une physiologie harmonieuse eût rendu ma figure encore plus immonde. Ma laideur, pour extrême qu'elle fût, avait quelque chose d'équilibré dans sa distribution.

Bref, cette opération devait être totale ou ne pas être. Or, on a beau se haïr des pieds à la tête, on hésite avant de se départir de son enveloppe entière. J'avais quand même habité cette peau pendant vingt années : cela créait des liens entre elle et moi. S'il ne me restait plus rien d'origine, ce corps pourrait-il toujours être considéré comme le mien ? L'escamotage de la moindre de ses bavures n'équivaudrait-il pas à ma mort ?

Je n'y voyais pas une question de morale mais une affaire métaphysique : jusqu'à quel degré de métamorphose reste-t-on soi ? La seule certitude que l'on a vis-à-vis du trépas est la disparition de l'enveloppe charnelle. Que ce soit le bistouri ou les petits vers qui s'en chargent n'y changerait peut-être rien.

C'était un sacré risque. Et si je me rendais compte, au lendemain de l'opération, que, pour avoir renoncé à mon corps, j'avais assassiné Epiphane Otos ? Le spiritualiste que je m'obstinais à être craignait d'avoir à affronter une preuve aussi radieuse de la suprématie de la matière sur l'esprit.

A ces appréhensions ontologiques s'ajoutaient des considérations triviales : j'avais mes habitudes. Ma laideur était confortable comme une paire de pantoufles, et ce, pour cette simple et unique raison qu'elle s'était faite à mon âme comme les souliers se font aux pieds. On revient toujours à ses vieilles chaussures, même si elles sont devenues immontrables, parce qu'on s'y sent tellement mieux.

Là s'arrêtait la métaphore cordonnière car si l'on pouvait garder ses godillots antiques en les cachant au fond d'une armoire, on ne pouvait pas conserver son ancienne apparence dans un débarras. Et si mon âme se retrouvait mal chaussée jusqu'à la mort ?

En outre, il y avait en moi quelque chose de fataliste qui me retenait, à moins que ce ne fût de la paresse déguisée. Cela s'apparentait tant à l'accablement qu'à la désinvolture : « Cette disgrâce est mon destin. Elle est donc inéluctable : il faut se soumettre à la volonté des dieux. Puisque je n'y échapperai en aucune manière, autant hausser mes horribles épaules et vivre cela dans la nonchalance de l'acceptation. »

Ce fut ainsi que je renonçai à l'opération plastique. Les pauvres chirurgiens ne savent pas ce qu'ils ont perdu. Je n'ai jamais regretté cette décision. L'économie qui en résulta me permit de ne pas travailler pendant des années.

Un jour, Ethel me demanda quelle était mon occupation. Sans réfléchir, je répondis que je cherchais un emploi. Peu après, je m'aperçus que j'arrivais au bout de mon héritage et qu'en effet il me faudrait bientôt un travail.

Lequel ? C'était la question. Je n'avais aucune formation, aucune qualité, aucun talent. Je n'avais d'ambition qu'amoureuse. Je n'étais pas de ces gens qui ont besoin d'un emploi pour être équilibré : l'oisiveté m'allait comme un gant.

Depuis le lycée, j'avais fréquenté en touriste des cours de je-ne-sais-quoi : je ne mens pas, je n'ai jamais compris de quoi les professeurs parlaient. Plus grave : quel que fût l'intitulé des conférences, j'avais l'impression d'entendre le même blabla. Un savoir aussi indifférencié me parut suspect et surtout barbant : je m'en lassai comme on se lasse des nouilles à l'eau.

Puis vint l'héritage de mon oncle. Je m'installai dans une prodigieuse inaction. La lecture et le cinéma devinrent l'essentiel de mon emploi du temps. S'il avait fallu que je me confectionne ce document autopublicitaire qui porte le nom pompeux de curriculum vitae, c'eût été court :

> Epiphane Otos
> né en 1967
> expérience : lectures, salles obscures.

Nul doute que les employeurs allaient se jeter sur moi ! Surtout quand ils verraient ma gueule.

J'avais de la chance : l'époque était faite pour les bons à rien de mon espèce. Les surdoués bardés de diplômes effrayaient ; les laborieux qui avaient accumulé les expériences professionnelles étaient carrément indésirables. Moi, j'avais un casier universitaire vierge et une belle absence d'antécédent dans le domaine du travail : on avait donc le droit de me sous-payer.

En vérité, toutes les portes m'auraient été ouvertes si je n'avais pas été aussi laid.

Il y eut cet entretien d'embauche dans une grande société financière. Le poste pour lequel je me présentais était celui de préposé au courrier : il s'agissait de parcourir l'immeuble de bas en haut et de long en large avec un chariot rempli de lettres et de remettre chacune à qui de droit. J'étais le seul à être venu offrir mes services pour cette charge aussi noble que brillante ; elle me fut néanmoins refusée.

J'eus l'audace de demander pourquoi ils ne voulaient pas de moi.

— Nous pensons que vous n'êtes pas qualifié pour le poste, répondirent-ils.

— Il n'exige aucune qualification.

— Nous ne pouvons pas nous permettre d'engager quelqu'un qui ne remplirait pas sa fonction.

— Et qu'est-ce qui vous donne à penser que je ne la remplirais pas ?

Silence embarrassé. L'un d'eux trouva à dire :

— Vous avez vingt-neuf ans et vous n'avez aucune expérience professionnelle.

— Tant mieux pour vous ; ça vous permettra de me payer moins.

— Là n'est pas la question ; cela vous paraît normal, à votre âge, de n'avoir jamais travaillé ?

Je ne voulais pas parler de l'héritage.

— Je m'occupais de ma vieille mère (mensonge : elle était morte dix années auparavant). Où est le problème ?

— Vous serez sûrement plus difficile à former que quelqu'un qui aurait commencé très jeune.

J'éclatai de rire :

— De quelle formation parlez-vous ? Il s'agit de distribuer du courrier, non ?

— Pourquoi voulez-vous de cet emploi, monsieur Otos ?

— Parce que je dois gagner ma vie.

— Vous devez comprendre que nous ne pouvons pas engager quelqu'un dont le but avoué est de gagner sa vie. Nous avons besoin de gens qui aient un idéal.

— Il faut un idéal pour distribuer le courrier ?

— Pas de cynisme avec nous, monsieur Otos.

— C'est vous qui êtes cyniques. Vous me refusez un emploi sous les prétextes les plus invraisemblables. Si au moins vous me disiez la vraie raison !

– Quelle serait, selon vous, la vraie raison ? me demanda l'un d'eux avec un air pédagogique.

– Il est hors de question que je procède à mon autocritique. Je veux que l'un de vous trois ait le courage de me parler avec sincérité et de me dire le motif de ce refus.

Silence.

– Etes-vous conscients qu'en ne me disant rien vous êtes d'une cruauté insigne ? Si vous n'osez même pas nommer mon problème, c'est dire combien il est grave.

– De quel problème parlez-vous, monsieur Otos ?

– Si vous faites semblant de ne pas le voir, c'est encore pire.

Silence.

– Laissez-moi deviner. Si vous lâchiez le mot, j'aurais le droit d'aller en justice, c'est ça ? C'est pour ça que vous vous taisez ?

– Nous ne comprenons pas de quoi vous parlez, monsieur.

– J'imagine le scandale : « Candidature refusée pour cause de physique ingrat. »

– C'est vous qui le dites. Nous, nous n'avons rien dit.

Je me levai pour partir. Au moment de sortir, je me retournai pour une petite vengeance :

– Au fait, Otos, ça ne vous dit rien ?

– Les ascenseurs ?

– Oui.

– Vous êtes de la famille ?

– Oui, mentis-je. Et c'est drôle : les ascenseurs de votre immeuble sont des Otos.

Je souris et m'en allai. J'espérai de tout cœur qu'à l'avenir ils ne prennent plus l'ascenseur sans redouter un châtiment technologique manigancé par mon parent outragé.

Ensuite vint l'idée de génie. Mon physique et moi, nous avions des comptes à régler : il avait été le boulet de vingt-neuf années de ma vie, il me devait bien quelque compensation.

Mon projet était d'autant plus formidable qu'il nécessitait la coopération de ma bien-aimée. Je le lui exposai.

– Tu es fou, me dit-elle.

– Peut-être. Mais ne trouves-tu pas que ce serait moral ?

— Ton but est-il d'être moral ou d'avoir un emploi ?

— Les deux n'ont jamais été aussi conciliables que dans mes vues. Seulement, si tu ne m'y aides pas, je n'ai aucune chance.

— Il y a d'autres jolies filles sur terre.

— Pourquoi refuserais-tu ?

— Je déteste le milieu des mannequins.

— Raison de plus pour que tu collabores.

Elle finit par accepter.

Quelques jours plus tard, Ethel et moi étions assis dans la salle d'attente de l'agence Prosélyte. Autour de nous siégeaient des créatures aux jambes longues et au regard vide. Il était flagrant que « la mienne » était la plus belle : à ma demande, elle portait en guise de diadème les cornes de taureau qui avaient scellé ma passion. Elle souriait, ce qui eût suffi à la distinguer de toutes celles qui attendaient – s'il n'y avait eu une différence encore plus grave : elle était la seule qui existât.

Prosélyte était l'agence de mannequins la plus réputée du monde : c'était elle qui avait recruté les top models les plus en vue du quin-

quennat – Francesca Vernienko, Melba Momo-
taro, Antigone Spring, Amy Mac Donaldova.

Pas une grande ville de l'univers civilisé qui
n'ait sa succursale de Prosélyte : ainsi, les filles
des moindres villages pouvaient, sinon tenter
leur chance, du moins rêver.

Les jeunes femmes assises autour de nous
dans la salle d'attente n'étaient pas vilaines. En
vérité, ce qui me frappa le plus à leur sujet fut
leur ressemblance : il s'agissait moins d'une
similitude physique que d'une identité d'expression. Elles avaient toutes l'air d'avoir passé
leur vie à s'ennuyer, ce qui était probablement
le cas.

Ethel dépassait. Même sous l'angle strict de
la beauté canonique, elle l'emportait déjà. Je
ne me risquerais pas à détailler ses autres supé-
riorités. On pourrait les résumer en une
phrase : Ethel ne semblait pas avoir la moindre
ambition d'être recrutée par Prosélyte.

Les gens de l'agence durent s'en apercevoir
car elle fut la première à être convoquée : on
ne voulait pas la laisser filer. Personne ne devait
douter de ma qualité d'agent car on me permit

de l'accompagner dans le bureau des responsables.

Il y avait là deux hommes et une femme. Ils détaillèrent d'abord ma bien-aimée des pieds à la tête : ils avaient l'air aussi consterné que si elle était un boudin.

— Tu n'es pas très grande, grimaça l'une des trois brutes.

Je me demandai de quel droit ils la tutoyaient.

— Un mètre soixante-treize, répondit la beauté.

— La limite, dit la dame. Heureusement que tu es très mince.

S'ensuivit une liste de questions sur son poids, ses mensurations : tout cela me paraissait si pornographique que je me bouchai les oreilles avec des paupières imaginaires. J'aurais été dégoûté de découvrir, en présence de ces trois bouchers, quel était le tour de poitrine de ma bien-aimée. Elle-même l'ignorait.

— Et quand tu t'achètes des soutiens-gorge, tu fais comment ?

— Je n'en porte pas.

On vint prendre ses mesures avec un mètreruban. Je bouillais de colère de la voir touchée par ces gens. L'estampillage provoqua la désapprobation :

— Tu es maigre, tu n'as pas de seins. Ce n'est plus du tout ce qui plaît.

J'étais horrifié : sans moi, Ethel n'eût pas eu à essuyer ce genre d'affront. Elle avait pourtant l'air de s'amuser beaucoup, ce qui déconcertait les trois salauds.

Il y eut un moment où je fus au bord d'éclater.

— Il faudra changer ton prénom. C'est pas terrible, Ethel : c'est vulgaire.

Je ne pus alors m'empêcher d'intervenir :

— C'est vrai. Amy ou Melba, c'est tellement plus distingué.

On me foudroya du regard mais on ne parla plus de débaptiser mon égérie. En revanche, on parla de lui gonfler les lèvres au silicone. A ces mots, l'actrice se leva et annonça, avec un sourire de madone :

— Bien. Je ne vois pas pourquoi je suis ici.

Après un instant d'effroi, ils réagirent comme des fusées :

— Non, non. Tu n'as pas compris. Tu es bien.

Très bien. On ne touchera pas à tes lèvres, c'est entendu.

– Tu as une gueule, une vraie gueule. Pas comme ces pétasses qui étaient avec toi dans la salle d'attente.

On lui demanda si elle avait déjà une expérience professionnelle. Elle raconta sa carrière au cinéma, le film dont elle était en train de jouer le rôle principal. Les trois brutes s'extasièrent :

– Et en plus tu es artiste ! On adore les filles qui ont de la personnalité.

– Grâce à tes cornes de taureau, j'ai compris illico que tu étais unique.

Leur enthousiasme servait mes plans. Les choses se passaient encore mieux que prévu. Je jouissais à l'idée de ma vengeance.

– En tout cas, tu es bien la première qui se présente sans book. Quel culot !

– Normalement, les mannequins en fin de carrière se recyclent dans le cinéma. Toi, c'est le contraire.

Ethel pencha sa belle tête d'un air intrigué.

– Non. Je n'arrête pas le cinéma.

– Tu rêves, ma grande. On ne peut pas être

à la fois top model et actrice. Ce n'est pas un mi-temps, tu t'en rendras vite compte.

– Je vous crois sur parole. C'est pour cela que je n'ai aucune envie d'être mannequin.

Ils éclatèrent de rire.

– Tu es géniale !

– Il semblerait qu'il y ait un malentendu. Ce n'est pas moi qui veux travailler pour vous. C'est monsieur, dit-elle en me montrant.

Il y eut un silence estomaqué. Elle reprit :

– Vous pensiez sans doute que monsieur était mon agent. C'est moi qui suis l'agent de monsieur. J'ai essayé de vous le dire mais ce n'était pas facile : vous ne cessiez de me poser des questions.

La dame crut retomber sur ses pattes :

– Monsieur est photographe, n'est-ce pas ? Il y a erreur : on n'engage pas de photographe ici.

– Mon client n'est pas photographe, continua la jeune première. Il est mannequin.

Ils ne rirent pas.

– Ce genre de blague n'a rien de drôle, vous savez. Dehors !

Je pris la parole avec gravité :

— Ce n'est pas une blague.

— Vous vous êtes déjà regardé dans un miroir, monsieur ?

— Croyez-vous que je serais venu ici si je ne connaissais pas la configuration de mes traits ?

— C'est par provocation que vous vous présentez, alors ?

— Il y a de cela. En vérité, je pourrais mettre cette provocation à votre service, si vous en aviez l'audace.

— Monsieur, un peu de sérieux ! Vous comprenez bien que d'aucune manière vous ne pouvez être mannequin !

— Je pourrais être un mannequin d'un genre nouveau : je serais repoussoir.

— Cela a déjà été fait, ce genre de sottise. Il y a plusieurs années, on a organisé des défilés de femmes obèses.

Ethel intervint :

— Cela n'a rien à voir. Je les ai vues, ces grosses femmes : elles étaient belles, lisses, charmantes, généreuses. Le but du jeu était de montrer qu'une dondon pouvait avoir beaucoup d'allure.

— Mon cas est radicalement différent. Il ne

s'agira pas de clamer des slogans du style : *Ugly is beautiful*. Regardez-moi : même en y consacrant tous vos soins vous ne pourrez pas amender l'irréparable. Il s'agit de me montrer tel que je suis.

— Monsieur, on ne va pas à un défilé de mode pour frissonner d'horreur. Et d'ailleurs l'horreur est devenue banale. Rien en vérité qui ne le soit autant.

— Pas au degré de concentration que j''incarne. Regardez-moi au moins, soyez francs, avez-vous vu plus laid ?

— Ne seriez-vous pas vaniteux ?

— Il y a de quoi. Et encore : vous ne m'avez pas vu à poil, ricanai-je d'une voix sadique.

J'eus soudain conscience de posséder un moyen de pression efficace.

— Nous vous croyons sur parole, monsieur. Le problème, c'est qu'un défilé de mode sert à vendre des vêtements et non à dégoûter les gens.

— Allons ! Votre but est d'en jeter plein la vue ! Et avec moi, aucune chance de passer inaperçu.

– Vous avez l'intention de nous apprendre notre métier ?

– J'ai l'intention de vous apprendre le mien : mon métier consiste à être laid. Je serai le premier repoussoir professionnel.

– Et nous, nous ne serons pas vos premiers employeurs.

– Réfléchissez avant de me laisser filer. J'ai un physique d'exception qui produira deux effets prodigieux : le premier est un choc émotionnel sans précédent qui permettra à vos défilés de ne pas sombrer dans l'oubli ; le second consistera à multiplier par dix la beauté des filles que j'accompagne.

– Vous ne m'auriez pas trouvée si jolie si je n'avais été à côté d'Epiphane, sourit ma bien-aimée.

– Ethel est trop modeste, enchaînai-je. Mais ce qui est certain, c'est que l'esthétique obéit aux règles de la mystique : rien n'exalte autant l'extrême splendeur que l'extrême laideur. Comme il n'y a pas moyen de définir l'Absolu, il faut l'exprimer par son contraire : c'est ce qui s'appelle la théologie négative. L'esprit humain souffre d'une carence intellectuelle fondamentale : pour qu'il comprenne la valeur d'une chose, il faut le priver de cette chose. L'absence lui parle sa langue maternelle ; la présence, c'est de l'hébreu pour lui.

— Vous raconterez ça aux créateurs de mode, monsieur. Ils seront emballés.

— Et comment ! Pour eux, je suis l'affaire du siècle. Ils savent bien qu'il y a un problème : leurs clients ont l'œil aussi gavé qu'un estomac occidental. Pour parvenir à les toucher, il faut user d'une surenchère de plus en plus insensée, que ce soit dans le minimalisme ou dans l'excès, ce qui revient au même. Comment rendre sa virginité à ce spectateur surnourri ? Il lui faut une purge : ce sera moi. Je serai le *vomitorium* du regard.

— Pas seulement du regard : plus je vous vois, plus j'ai la nausée, ajouta la dame.

— Je ne vous le fais pas dire. Vous qui avez tout vu, vous que plus rien n'émeut, je parviens à vous rendre malade. Imaginez un défilé où je circulerais parmi les mannequins : comme un rythme ignoble, je scanderais leur beauté dont la nécessité apparaîtrait enfin dans sa parfaite lumière. Plus le sacré est dévoilé, plus il devient trivial : je suis le suprême antidote contre ce phénomène. Vous et vos pairs, vous n'avez cessé de profaner le beau depuis des lustres – mais il vous suffira d'une seule monstration de mon horreur pour lui restituer sa pureté originelle.

– C'est ce qu'on appelle un sacrifice, murmura Ethel.

– Exactement. Et le pauvre regard de l'homme a bien besoin d'un sacrifice ! m'enflammai-je.

– Vous savez de quoi vous avez l'air, tous les deux ? D'une secte ! dit l'un des types.

– Ouais. La vestale avec ses cornes de taureau et le gourou repoussant qui prêche la rédemption, commenta l'autre.

Je ris.

– Raison de plus pour que vous m'engagiez. Votre but est de faire de l'argent, non ? Et les sectes, c'est lucratif. Si cela peut vous rassurer, sachez que je ne crois en rien, sinon en la beauté. J'ai foi en elle comme le premier chrétien a foi en Dieu : je n'ai que des raisons de douter d'elle puisqu'elle semble m'avoir oublié. Or, cette privation est si forte qu'elle produit l'effet inverse : je suis le champion de la foi – ce qu'on appelle un martyr, c'est-à-dire un témoin privilégié. Savez-vous ce que signifie croire en la beauté ? C'est croire qu'elle sauvera le monde.

– Nous, nous croyons que vous déraillez, monsieur.

– Raison de plus. Vous encensez à tout bout de champ la folie comme la suprême vertu. Tel créateur est formidable parce qu'il est « dingue », tel film est porté aux nues parce qu'il est « démentiel ». Pour une fois que vous avez affaire à un fou véritable, aurez-vous l'incon-séquence de le laisser filer ?

– Il ne suffit pas d'être fou ; encore faut-il que votre folie soit intéressante.

– Qu'est-ce qu'il vous faut ? Je suis atteint de jérôme-boschisme, appelé aussi paranoïa cathartique !

Même Ethel me regarda avec effroi. Ma for-mule avait porté. Il y avait quelque chose de déconcerté dans l'assurance de mes trois exa-minateurs. La dame dit :

– C'est vrai que vous avez tous les deux l'air de sortir d'un tableau de Jérôme Bosch.

Elle était en si bon chemin que je lui emboîtai le pas :

— Bravo ! Vos yeux se sont ouverts et vous avez vu la pure beauté svelte et blafarde, la vierge aux longs cheveux saurs qui est assise à côté de son contraire, moi, le monstre à face hirsute, dont le visage n'a plus rien d'humain parce qu'il a cessé de refléter la présence de Dieu.

— Le problème, c'est que vous êtes surtout frappants quand vous êtes ensemble. Or, mademoiselle ne semble pas disposée à travailler pour nous.

— Je ne suis pas la seule de mon espèce, intervint Ethel qui ne savait plus ce qu'elle disait. N'importe quelle jolie fille à l'air un peu ancien ou virginal conviendra.

Je lui sus gré de plaider ma cause en sortant une telle énormité : en vérité, sa grâce était aussi insurpassable que ma propre difformité.

Les trois recruteurs semblaient perplexes. Ils se retirèrent dans la pièce d'à côté pour tenir conseil. J'en profitai pour baiser la main de ma bien-aimée qui laissait libre cours à son hilarité :

— Tu m'as eue, avec ton jérôme-boschisme !

— Le mot est de Dali. Mon innovation fut d'en faire une pathologie.

— S'ils ne t'engagent pas, ce sont des crétins.

— Même s'ils m'engagent, ce sont des crétins. Ils t'ont tutoyée et appelée « ma grande », ils m'ont vouvoyé et appelé « monsieur ». Ils ont plus de respect pour la laideur que pour la beauté. Ils ont commencé à te donner du mademoiselle quand ils t'ont sue associée à moi. Je suis outré que tu aies eu à subir leur grossièreté par ma faute.

— Si tu savais ce que je m'en fiche !

— Pas moi.

Les trois sbires revinrent, s'assirent et clamèrent :

— Félicitations, monsieur Otos ! Il ne vous reste plus qu'à remplir les formalités.

Je soupirai de soulagement plus que de joie. Ethel ne s'était pas dérangée pour rien, qui avait assisté à mon triomphe.

Ma vengeance allait pouvoir commencer.

Ma fortune était faite. On s'arracha mes soixante kilos à travers le monde.

Le nom de Quasimodo me revint comme un boomerang, pour autant qu'il ne m'ait jamais quitté. Il ne fallait pas escompter la célébrité avec un prénom comme Epiphane. Et puis, surtout, il ne fallait pas laisser à quelqu'un d'autre le privilège onomastique d'un tel mythe.

Car on voulut m'imiter. A peine mon succès eut-il éclaté que des hordes de mochetés sortirent de leur cachette. Je n'avais pas peur : je savais que j'étais le pire. J'avais découvert le métier de repoussoir et je l'exerçais avec un art qu'il eût été impossible de m'usurper.

Il ne suffisait pas d'apparaître : il fallait aussi se composer un personnage. Sur ce point-là, j'étais imbattable. On me demandait souvent quel était mon parcours. Mes réponses variaient selon l'humeur, l'interlocuteur et ma croissante propension à fabuler :

– Quand ma mère vit combien j'étais laid, elle me jeta aux ordures. Un éboueur charitable me repêcha. Cet homme très bon n'avait pas de culture et m'appela Poubelle, du nom du lieu où il me trouva. A l'âge de raison, je devins susceptible et ne supportai plus d'être ainsi

nommé. Je fuguai et fus enlevé par des bohé-
miens qui me firent circuler dans les foires :
aucune attraction ne rapportait autant que
moi.

Ou :

– Ma mère était étrangère. En 1963, elle
avait remporté le titre très convoité de Miss
Péloponnèse. C'était néanmoins une femme
d'une grande beauté. Lors d'une tournée européenne, elle rencontra un manager aux dents
longues qui voulut la faire concourir à l'élection de Miss Casino qui se déroulait à Monaco.
Non seulement elle ne remporta pas le titre
mais elle y contracta une indigestion spectacu-
laire suite à l'ingestion d'une potée monégas-
que. Elle mourut en des souffrances aussi lentes
qu'atroces : pendant des mois, ses entrailles se
vidèrent de tout ce qu'elles contenaient, y compris d'un embryon prématuré dont je vous
laisse deviner l'identité, laid comme la diarrhée
qui l'avait engendré. Le père ne s'est jamais
manifesté.

Ou :

– Mes parents étaient frère et sœur comme
leurs parents. Dans ma famille, on est crétin

des Alpes depuis des générations. Cette consan-
guinité s'arrêtera avec moi : même ma sœur me
trouve trop moche.

Ou :

– Vous connaissez le film *Elephant Man* :
cette femme enceinte traumatisée par un élé-
phant et donnant naissance à un monstre dont
l'aspect rappelle le pachyderme. C'est ce qui
m'est arrivé, à cette différence près que ma
mère, elle, était oto-rhino-laryngologiste. A
force d'ausculter tant de cavités auriculaires,
elle a attrapé une psychose liée à cette partie
du corps. Et elle a fini par accoucher d'un
enfant dont le visage reproduit cette obsession
fatale : moi.

Je m'amusais beaucoup.

Je devins à la laideur ce que le sumo est à
l'obésité : un champion, un héros mythologi-
que. De même que les plus jolies Japonaises
convoitent les sumotori, j'étais sans cesse
entouré d'un aréopage de créatures de rêve.

Très vite, les défilés où je n'apparaissais pas
furent désertés : on les trouvait fades, ennuyeux, sans attrait. Quand un créateur obte-

nait ma participation, il me faisait surgir environ toutes les dix minutes, chaque fois dans
une tenue inédite qui soulignait mes disgrâces.
En cela, je ne leur concède pas de grands méri-
tes : il ne faut nul talent pour révéler les bavures
que la nature s'est permises sur ma personne.

L'un d'entre eux voulut me dessiner un cos-
tume comprenant une fausse bosse au sommet
du dos. Je m'y opposai farouchement : c'était
trop facile. Comme il insistait, je finis par lui
dire que je portais, moi aussi, une malédiction
sur mes omoplates : je soulevai ma chemise et
dévoilai la plage acnéique. On ne l'avait pas
averti : il eut une nausée magnifique.

Même les plus agressifs des couturiers n'osè-
rent exhiber l'infection de mes épaules. J'étais
là pour choquer et non pour servir d'émétique.
En revanche, on exploita mon excès de peau :
« Quasimodo, l'homme-sharpeï », disait-on,
comme *Tarzan, l'homme-singe*. J'eus droit à des
tee-shirts en latex qui moulaient mes plis ou à
des tenues transparentes qui les exposaient.

Dans mon dossier de presse, qui atteignit
très vite les dimensions des *Misérables*, on trouvait des articles aux titres évocateurs : « Le

napalm de la laideur », « L'erreur est
humaine », « C'est pour mieux vous déplaire,
mon enfant » ou encore « L'aberration faite
homme ». J'avais ceci de commun avec les
princesses monégasques que l'on ne concevait
pas de me consacrer un article sans l'orner
d'une ou plusieurs photos de ma personne. La
différence était que, dans mon cas, les clichés
n'étaient jamais traîtres : ils étaient tous réussis
puisque j'y étais invariablement dégueulasse.

Moi qui n'avais jamais quitté ma ville natale,
je me mis à voyager sans trêve, si l'on peut
qualifier de voyages ces raids reliant des aéroports à d'autres aéroports et l'hôtel quatre étoi-
les à la salle de gala. C'est ainsi que je réussis
quelques gageures : j'allai à Genève sans voir le
lac Léman, à New York sans apercevoir la statue
de la Liberté, à Singapour sans remarquer que
mon pull à col roulé ne convenait pas au climat
équatorial, et même – ceci restera mon exploit
aussi insurpassable qu'incompréhensible – à
Luxembourg sans voir de Luxembourgeois.

Si, en définitive, je ne distinguais pas grand-
chose, on ne manquait jamais de me distinguer.
Ma figure ne tarda pas à devenir aussi célèbre

que celle des Melba, Amy et autres Cindy qui servaient d'égéries aux trois quarts de l'humanité. Je me présentais comme le faire-valoir de ces créatures mais, au vu de mon succès grandissant, j'en vins à me demander si ce n'étaient pas elles qui étaient mes faire-valoir.

Les hommes me disaient qu'ils m'enviaient : « Vous vivez dans l'intimité des filles les plus belles et les plus inaccessibles de la planète. Comme j'aimerais être à votre place ! » Ils ne savaient pas ce qu'ils disaient. D'abord, aucun d'entre eux n'eût accepté d'en payer le prix, à savoir être laid comme une verrue. Ensuite, ce qui était désolant quand on vivait dans l'intimité des filles « les plus belles et les plus inaccessibles de la planète », c'était de découvrir qu'elles n'étaient pas si belles et surtout qu'elles n'étaient pas inaccessibles. Elles étaient même si accessibles que c'en était désespérant.

Fallait-il y voir un phénomène comparable à celui de l'engouement des jolies Japonaises pour les sumotori ? Les top models exerçaient sur ma personne un véritable harcèlement sexuel.

Dans les coulisses des défilés, il était normal

qu'elles se déshabillent devant moi sans l'ombre d'une pudeur. Mais elles exagéraient. Partant du principe que je les avais déjà vues à poil, elles me montraient leur nudité sous les prétextes les plus légers :

— Quasimodo, regarde mon tatouage !

— Il est sur ton ventre. C'est indispensable de me jeter tes seins en pleine gueule ?

— Tu les connais par cœur, Tartuffe.

— Raison de plus pour me les cacher.

— Pourquoi ? Ils te troublent ?

— Non, ils me lassent.

— Oh là là, mon repoussoir me repousse.

En réalité, c'était moi l'inaccessible dont elles avaient fait l'enjeu d'un pari : ce serait à qui coucherait avec moi la première.

La plus délurée d'entre elles, Francesca Vernienko, parvint à m'inviter à dîner un soir où, lassé de mes éternelles défenses, je n'avais pas eu le punch d'une repartie cinglante. C'était à Montréal mais la logique du cosmopolitisme voulut qu'elle choisît un restaurant japonais.

Francesca était une brune pulpeuse qui s'enorgueillissait d'avoir un père russe et une mère italienne. Elle avait, comme toutes ses consœurs, des côtés très sympathiques. Hélas, elle était un peu portée sur l'alcool qui – c'est le moins qu'on puisse dire – ne lui réussissait pas. Je me souviens d'une soirée de gala à Johannesburg où, saoulée au gin, elle répétait convulsivement : « J'aime les fleurs, je n'aime pas les arbres. » Quand elle roula sous une table, quatre heures plus tard, elle meuglait : « J'aime les arbres, je n'aime pas les fleurs. »

Le soir de notre dîner en tête à tête, elle était sobre, du moins au début. La cuisine japonaise de Montréal était irréprochable, à ceci près qu'au lieu de nous être présentée en des proportions nippones, elle nous était servie en rations pour bûcherons québécois : les sushis étaient gros comme des muffins.

– Empêche-moi de boire trop de saké, me dit Francesca.

– Tu as peur de te lancer à nouveau dans des propos botaniques ?

– J'ai surtout peur de pisser sur ma chaise. C'est ce qui m'est arrivé la dernière fois. Le saké, c'est diurétique.

« C'est très ragoûtant, comme tentative de séduction », pensai-je.

Francesca n'y alla pas par quatre chemins :
– Y a-t-il une femme dans ta vie ?

Je réfléchis : Ethel était-elle dans ma vie ? Je ne l'avais jamais touchée. A partir de quel stade pouvait-on considérer qu'une femme était dans votre vie ? Du reste, Ethel était-elle une femme ? Non, c'était « l'ange gardien, la muse et la madone » dont parlait Baudelaire. Depuis que je travaillais dans le milieu de la mode, le mot « femme » me semblait obscène. Et puis, Ethel ne serait jamais « dans ma vie » : elle était ma vie. Je finis donc par répondre :
– Non.
– Tu en as mis du temps ! Tu préfères les hommes ?

J'éclatai de rire.
– Tu trouves que j'ai un physique gay ?
– Tu as un physique à n'être ni gay ni hétéro, mon pauvre Quasimodo.
– Alors pourquoi veux-tu coucher avec moi ?

Elle eut un rire agricole.
– Je veux gagner un pari.
– Allons, Francesca. Il n'y a personne à épater ici. Tu es seule avec moi, tu peux te per-

mettre d'être sincère. Tu ne trouves pas qu'il est idiot, votre pari ?

– Non.

– Coucher avec quelqu'un qui vous répugne, rien que pour accomplir un exploit, c'est débile, non ?

– Ce n'est pas seulement pour l'exploit. C'est surtout parce que tu nous répugnes. Il y a des choses qui dégoûtent si fort qu'on finit par en crever d'envie. J'en ai parlé avec les autres filles, nous avons toutes éprouvé ça. Ça commence dans l'enfance, par la fascination qu'on a à regarder les chiens écrasés sur la route. Il paraît que ça n'a rien de malsain. Ça s'appelle l'attraction-répulsion et c'est normal.

– Ouais. Eh bien, il faudra exercer votre normalité avec quelqu'un d'autre.

– Pourquoi ? Quel est ton problème ?

– Mon problème ? Ce n'est pas moi qui ai un problème, Francesca.

– Les quatre top models les plus prisées au monde s'offrent à toi et tu refuses : moi, j'appelle ça avoir un problème.

– Une fille qui trouve inconcevable qu'on

ne la désire pas, moi, j'appelle ça de la nym-
phomanie narcissique.

— Tu ne nous désires pas ?

— Non.

— Comment est-ce possible ?

— Parce que tu n'es pas mon genre.

— C'est quoi, ton genre ? Les boudins ? Les
filles qui te ressemblent ?

— Non. Mon genre, c'est la beauté sublime.

— Et qu'est-ce que tu as devant toi, mufle ?

— Une superbe plante qui n'est pas mon
genre.

— Qu'est-ce qu'il te faut ?

— Du sublime.

— Espèce de goujat, tu ne t'es pas vu dans
un miroir ?

— Là n'est pas la question. Je suis amoureux
fou.

Elle se radoucit en un coup.

— Il fallait le dire tout de suite. Pourquoi
m'as-tu menti, quand je t'ai demandé s'il y
avait une femme dans ta vie ?

— Je n'avais pas envie de te parler d'elle.

— Qu'est-ce qu'elle a de plus que moi ?
demanda-t-elle en riant.

— Des cornes de taureau.

— Tu es masochiste ?

— Non, esthète.

— Elle enlève ses cornes quand vous couchez ensemble ?

— Je n'ai jamais couché avec elle.

— Ce que tu peux être décadent !

J'ai rigolé.

— Je ne l'ai ni touchée ni embrassée.

— Elle a refusé ?

— Je ne lui ai pas dit que je l'aimais.

— Pourquoi ?

— Je préfère qu'elle l'ignore.

— Tu le lui diras un jour ?

— J'espère que non.

— Tu ne feras jamais l'amour avec elle, si je comprends bien ?

— Tu comprends bien.

— Bon. Alors qu'est-ce qui t'empêche de coucher avec moi ?

J'étais abasourdi.

— Est-ce une raison pour coucher avec toi ?

— Oui.

— Ta logique m'échappe.

— Il faut bien que tu couches avec quelqu'un, non ?

— Non. Pourquoi ?

— Tout le monde baise.

— Pas moi.

— Ça t'est déjà arrivé, quand même ?

— Non.

Elle en recracha son gingembre confit.

— Quoi ? Tu es puceau ?

— Oui.

— A vingt-neuf ans ? Tu l'aimes depuis combien de temps, cette fille ?

— Six mois.

— Et avant elle, tu aimais quelqu'un ?

— Non.

— Qu'est-ce qui t'empêchait de baiser, à cette époque-là ?

— Je ne sais pas très bien.

— Les filles ne voulaient pas de toi ?

— Je n'en sais rien, je ne leur proposais rien.

— Et tu ne t'es jamais offert une pute ?

— Non plus.

— C'est ta religion qui te l'interdit ?

— Je n'ai pas de religion.

— Mais il faut faire quelque chose, Quasimodo ! Tu ne peux pas rester puceau.

— Pourquoi ?

— Il faut au moins que tu saches ce dont tu te prives ! C'est le plus grand plaisir de la vie.

— Je le crois aussi.

— En ce cas, pourquoi te retiens-tu ?

— J'en attends trop.

— Tu as raison. Tu seras comblé !

— Je ne le pense pas.

— Pourquoi ?

— Pour cent raisons. D'abord parce que je suis esthète.

— Tu n'as qu'à coucher avec ta beauté fatale. Il n'est pas dit qu'elle refusera.

— Comment un esthète pourrait-il tolérer qu'un corps hideux se mêle à un corps sublime ?

— Sur le plan esthétique, c'est peut-être choquant, mais sous l'angle érotique, c'est piquant en diable.

— Comment un mystique pourrait-il tolérer que l'impur se mêle au pur ?

— Parce que tu es mystique, en plus ? dit-elle en hoquetant de rire.

Chaque passion a son siège dans le corps humain : l'amour étreint le cœur, le désir tord les tripes, la colère décuple la force des bras. La méchanceté pure, elle, s'en prend aux mâchoires : je sentis les miennes se gonfler sous la pression du mal.

– Tu veux que je te montre un secret ? demandai-je d'une voix rauque.

– Oui, oui ! fit-elle en battant des mains comme une petite fille.

– Tu n'as pas peur ? dis-je, tandis que je commençais déjà à jouir.

Les derniers bastions de mon bon goût me hurlaient qu'un restaurant japonais n'était pas un endroit approprié pour ma démonstration.

Je me levai, je tombai la veste, je retirai mon pull à col roulé et je me retournai, de telle sorte que Francesca eut une vue panoramique sur mes omoplates. Quand je l'entendis crier d'horreur, un genre d'orgasme me parcourut les reins.

Elle s'évanouit. Tous les clients vinrent regarder. Bientôt, le restaurant ne fut plus que hurlements.

Deux solides Québécoises vêtues de kimonos me jetèrent dehors puis me lancèrent mes habits. J'étais content comme un sale gosse.

Comme je suis un gentleman, j'envoyai à Francesca cinquante roses jaunes avec ce billet : « Pardonne-moi. C'était plus fort que moi. Quand on me parle de mon pucelage, j'ai tendance à perdre la tête. Que cela reste entre nous. »

Bonne fille, elle me téléphona de sa chambre d'hôtel :

– On n'en parle plus, d'accord. Mais tout cela confirme la légende selon laquelle la chasteté aggrave l'acné. Tu devrais tirer un coup, mon vieux, ne serait-ce que pour te soigner.

– Bon. Tu es toujours candidate ?

Elle me raccrocha au nez.

Quand je n'étais pas en tournée, je consacrais mon temps à Ethel. Elle était enchantée de mon succès. Ce qu'elle appelait notre amitié était au beau fixe. Notre collaboration lors de l'affaire Prosélyte avait créé entre nous une complicité de derrière les fagots. Je lui racontais mes aventures avec la fierté d'un chevalier courtois. La dame de mes pensées méprisait le milieu de la mode et ne manquait jamais d'applaudir.

— Tu es la seule espèce de terroriste que j'admire, me dit-elle un jour.

— Qu'est-ce que tu as contre les mannequins ?

— Je n'ai rien contre elles en tant qu'individus. Ce que je hais, c'est ce système qui est une insulte contre la beauté.

— Tu fais allusion au fric qu'elles gagnent ?

— Ce n'est pas ce qui me choque le plus. Ce que je hais, c'est cette autorité avec laquelle on nous assène la norme du beau. Si la beauté cesse d'être subjective, elle ne vaut plus rien.

Elle était encore plus idéaliste que moi. Je l'adorais.

Entre-temps, le fameux film d'art et d'essai en était à son montage. Il était question de lui trouver un titre. Chacun y allait de sa suggestion. Moi aussi :

— Pourquoi pas *Le Taureau par les cornes* ?

— Non, dit le réalisateur en secouant la tête. Trop allusif.

— *En haine de la beauté*, proposa ma bien-aimée.

– C'est tarte, refusa Pierre.

– Comment, tarte ? intervins-je. L'expression est de Mishima.

– C'est tarte, Mishima, lâcha le grand artiste, très content de lui.

Le lendemain, nous apprîmes qu'il avait intitulé son film *La condition humaine est un tropisme évanescent*. Il prononçait « tropizme ». Ainsi, il avait réussi cette gageure de loger en sept mots un titre ridicule, une phrase prétentieuse, une assertion vide de sens et une faute de français.

Personne ne comprit pourquoi il avait choisi ce titre qui, de par son inanité même, eût convenu à n'importe quelle œuvre de l'univers, ce qui revenait à dire qu'il n'eût convenu à aucune. Peut-être était-ce pour cette raison que notre cinéaste en était si fier.

Un matin, je me réveillai avec de la température. La fièvre a toujours revêtu pour moi un caractère sacré : on y retrouve les caractéristiques de la transe mystique – ébullition intérieure, visions, torpeur, anorexie, discours incohérents. J'étais si content de mon mal que je téléphonai aussitôt à mon amour afin de me faire admirer.

— J'arrive, dit-elle avant même que j'aie pu lui parler des vertus purificatrices de mon élévation de température.

Comme je me sentais sur le point de me rendormir, j'allai ouvrir grand la porte, puis je tombai sur mon lit, inerte.

Quelque part, une fée était agenouillée à côté de moi et me caressait la main : c'était ce que j'avais ressenti au premier jour de ma passion. La bien-aimée par excellence, n'était-ce pas cet ange qui venait se pencher au-dessus de vous et vous susurrer d'impérieuses douceurs ?

— Tu es fou, Epiphane. Tu dors en laissant ta porte ouverte.

— C'était pour toi.

— Et les voleurs, tu y as pensé ?

— Ils m'auraient vu. Ils seraient partis en poussant des cris d'horreur. Ma laideur est plus efficace qu'un chien méchant.

— Tu délires. C'est la fièvre. J'ai apporté des aspirines.

— Non, je ne veux pas guérir. Ma maladie est sacrée, je veux la garder.

— C'est ça. Tu délires à fond, mon vieux.

Elle alla jeter un cachet dans un verre d'eau. Pendant ce temps, mon cerveau inventait des plans : « J'ai la fièvre, donc je peux dire tout ce que je veux. Soit elle y croira, soit elle mettra ça sur le compte de mon mal. Je ne risque rien. »

Elle revint avec l'aspirine et me souleva la nuque pour m'aider à boire. C'était exquis : je connais peu de saveurs qui arrivent à la cheville de l'acide acétylsalicylique.

— Ne devrais-tu pas voir un médecin ?

— Non. C'est mon âme qui est malade.

— Ça n'empêche pas d'aller chez le docteur.

— Toi seule peux me soigner. Tu es à la fois la cause et le remède. J'ai besoin de toi comme le désert a besoin d'eau. Quand il pleut sur le Sahara, le sol se recouvre aussitôt d'un tapis de fleurs ravissantes. Pleus sur moi et tu me verras fleurir. J'ai créé pour toi cet impératif qui n'existe pas. Pleus ! Pleus sur moi, Ethel !

— Pauvre Epiphane, tu ne sais pas ce que tu dis. A propos de pluie, tu n'en as aucun besoin.

Tu es trempé. Ton lit est comme une soupière. Et rien qu'à l'odeur, on devine combien tu es malade.

– Je pue ?

– C'est le moins qu'on puisse dire.

Ça m'a coupé la chique. On ne peut pas faire une déclaration d'amour quand on pue. Je me suis donc cantonné dans des délires plus classiques : j'ai expliqué à ma bien-aimée que j'étais un cône qui essayait de se transformer en cylindre, que le tram me roulait dessus, que le carré de mon hypoténuse était égal à la somme de mes angles droits, que j'étais un dromadaire et que sous le pont Mirabeau coule la Seine, comme l'avait remarqué un poète observateur.

La merveilleuse m'écoutait avec une patience archangélique. Rien que pour cela, il valait la peine d'être malade. Le lendemain matin, je la trouvai endormie sur le canapé. La santé m'était revenue ainsi que l'odorat : j'étais incommodé par ma propre puanteur.

J'allai m'enfermer dans la salle de bain, effaré à l'idée que ma bien-aimée eût à subir de tels remugles. La maladie m'avait amaigri et ma peau pendait plus que jamais. Je ne m'étais jamais autant senti pitoyable et ridicule. Et pour la première fois de ma vie, je me mis à pleurer sur moi-même.

Il y eut un temps où être puceau à vingt-neuf ans constituait un acte de foi. Aujourd'hui, personne ne pourrait y voir autre chose qu'une pathologie inavouable due à de sérieux troubles de la personnalité.

Suis-je mystique ou dingue ? Je l'ignore. La seule chose dont je sois sûr, c'est que j'ai choisi ma virginité. Certes, si je n'avais pas ce corps-ci, je ne serais sans doute plus vierge. Mais même avec un tel physique, je pourrais avoir une vie sexuelle. Moralement, aller chez les putains ne m'eût pas posé de problème. Pour-quoi ne l'ai-je pas fait ?

Je crois que c'est mon côté Eugénie Gran-det : mes illusions sont pour moi tout l'or du monde. Chacun se crée ce dont il manque : ma hideur avait besoin d'un idéal en béton armé pour être supportable. Je me suis inventé une vision du sexe qui me le rend inaccessible : c'est le Graal.

J'ai certainement raison. Pour quelques élus, faire l'amour doit être l'absolu, la suprême expérience, le souverain bien. Mais quand on a pour corps une caricature telle que la mienne, l'acte sexuel doit ressembler à un grouillement de larves, à un frottement de chair flasque. M'imaginer dans le ventre d'une femme me soulève le cœur.

Le plus beau cadeau qu'un être de mon espèce puisse offrir au sexe, c'est l'abstention pure et simple.

Ma vie de vedette me fit aussi prendre un nombre considérable de trains. C'est le moyen de transport le plus pédagogique que je connaisse : je ne suis jamais monté dans un train sans y apprendre quelque chose, soit de la bouche d'un voyageur en mal de confidence, soit par mes observations personnelles.

Fini, le temps prestigieux des wagons-restaurants. Aujourd'hui, les trains se prennent pour des avions. En première classe, une hôtesse vient vous proposer un plateau. Deux menus au choix.

Moi, j'ai toujours refusé ça avec horreur. Ce

n'était pas le cas de mes voisins qui, le plus souvent, acceptaient d'un air content, comme si ce repas était leur récompense. Une vague tradition s'était conservée : la cuisine ferroviaire restait supérieure à celle des avions. Foies gras ou autres magrets faisaient partie du voyage.

Avec mes yeux en gelée, dont personne n'a jamais pu déterminer ce qu'ils regardaient, j'observais en coin les gens qui mangeaient. Leur visage, loin d'exprimer la délectation ou du moins la satisfaction, suintait le dégoût. S'ils avaient été forcés de mâcher des ordures, ils n'auraient pas tiré une tête différente. Pourtant, ce n'était pas la qualité des mets qui était en cause. Non, il était clair qu'ils détestaient manger.

J'ai d'abord cru que c'était ma présence qui les empêchait d'y prendre plaisir. Mais non, car je voyageais incognito : chapeau enfoncé jusqu'aux yeux, cache-nez recouvrant le reste. Personne n'eût pu croire que c'était moi : on eût dit un enrhumé.

Il y avait là un mystère : les gens n'aimaient pas manger et cependant ils mangeaient. Pourquoi ? Par faim ? Dans nos sociétés surnourries, personne n'a faim. Alors pourquoi ? Personne ne les y forçait. J'en arrivai à cette conclusion : les gens bouffaient par masochisme.

Ce constat me jeta dans un abîme de perplexité. Le masochisme jouait-il donc un rôle aussi capital dans les moindres comportements humains ? A la réflexion, mon propre succès n'en était-il pas la preuve ? Ma laideur était telle qu'on ne pouvait pas me voir sans souffrir : or on me payait des ponts d'or pour que je m'exhibe. On me versait des fortunes pour que je donne de la douleur aux foules.

Ebranlé par ma découverte, je n'eus de cesse d'inviter ma bien-aimée à son restaurant préféré. Quand on la servit, je la regardai avec une attention terrible. Très vite, je sus qu'elle était l'exception.

– Tu manges avec plaisir !

– Forcément. C'est délicieux.

– Tu es la seule. Regarde autour de toi. Tiens, le type, là, devant son homard. Tu as vu ses grimaces quand il bouffe ? Lui, c'est un cas extrême, mais regarde-les tous. Il y a un mot pour qualifier l'air qu'ils ont : ils ont l'air contrit.

— Le pire, c'est que c'est vrai, rit-elle.

— Les gens paient pour venir ici. Et rien ne les y oblige. C'est donc qu'aujourd'hui la souffrance s'achète. Notre monde est gouverné par le masochisme.

— Est-ce que tu n'exagères pas un peu ?

— Je suis en dessous de la réalité. Mon succès en est une preuve éclatante.

— Tu n'es pas le seul à avoir du succès. Les belles plantes avec lesquelles tu travailles n'ont eu besoin d'aucun masochisme planétaire pour triompher.

— Leur cas est plus subtil : on choisit de jolies filles et on les porte au pinacle. A la base, je n'ai rien contre : ça s'est fait à toutes les époques. Mais aujourd'hui, il ne s'agit pas d'honorer la beauté ni même de procurer aux foules un spectacle agréable. Il s'agit de nous fracasser le crâne avec des menaces : « Vous avez intérêt à trouver ça à votre goût. Sinon, taisez-vous ! » Le beau, qui devrait servir à faire communier les hommes dans l'admiration, sert à exclure. Face à un tel totalitarisme, au lieu de se révolter, les gens sont obéissants et enthousiastes. Ils applaudissent, ils en redemandent. Moi, j'appelle ça du masochisme.

– Peut-être.

– Le résultat est que, pour se sentir à l'aise dans le monde actuel, il vaut mieux être masochiste. Or il y a toujours des irréductibles : toi et moi, en l'occurrence. Nous n'éprouvons aucune jouissance à souffrir. Nous sommes pour ainsi dire des invalides. Eh bien, nous devrions demander des indemnités.

Je me souviens de cette femme vue dans une gare : sans être aussi laide que moi – car à l'impossible nul n'est tenu – elle était affreuse. Elle ne cherchait pas à le dissimuler et semblait indifférente à sa propre apparence. Des pieds à la tête, elle était repoussante.

Je la détaillais avec consternation quand un détail me frappa : madame portait du vernis à ongles. Il était de couleur lie-de-vin et avait été appliqué avec art.

J'en fus perplexe : ce vernis, qui en lui-même était joli, n'avait aucune chance d'embellir les vilains doigts de cette personne qui, par ailleurs, était habillée sans aucune recherche.

Pourtant, elle y avait accordé un grand soin. On ne pouvait pas dire qu'elle avait essayé de « s'arranger » : d'abord elle ne l'avait pas essayé, ensuite elle était « inarrangeable ». A quoi rimait ce vernis si élégant ?

Depuis, je me suis aperçu de phénomènes comparables chez presque toutes les femmes hideuses. Je n'y ai pas trouvé d'explication. Cette absurde coquetterie des laiderons a quelque chose de réconfortant.

Je n'ai pas repéré de paradoxe équivalent chez l'homme laid, à commencer par moi. D'une manière générale, le mâle horrible est moins comique à regarder que la femelle repoussante : cette dernière porte souvent des vêtements à grandes fleurs, des lunettes de star et des souliers étincelants. Sa lingerie fait rêver. Sauf cas exceptionnels, elle n'a pas de barbe et ne peut donc pas dissimuler ses verrues ou son groin derrière un flot de poils. La femme laide est poignante et drôle ; l'homme laid est sinistre et grisâtre.

Ce ne sont jamais que des réponses différentes à une même et terrible question : comment loger son âme dans un corps de rebut ?

Comment vivre ce genre d'imposture ? Moi, je m'en suis tiré avec un certain panache, mais les autres ?

Je les ai beaucoup observés. Je suis à la fois admiratif et indigné de constater que la plupart d'entre eux acceptent leur sort. Le plus souvent, ils se marient entre eux. Cela me dépasse : c'est comme s'ils multipliaient leur laideur par deux. Ont-ils l'intention de mettre au monde leurs portraits ?

N'éprouvent-ils pas, comme moi, cette inextinguible soif de beauté ? Nous en avons besoin plus que tout être humain, nous qui en avons été spoliés à la naissance. Si la justice régnait sur terre, nous serions mariés d'office à des Vénus ou à des Apollon, afin que nous puissions nous laver au contact de leur splendeur.

Nous n'étions plus très loin de Noël quand je reçus une proposition d'un genre nouveau. Il s'agissait d'être l'un des douze jurés à l'élection de Miss International. Ces festivités devaient avoir lieu début janvier, au Japon, dans la petite ville de Kanazawa.

Je téléphonai à mon agent :

— Franchement, moi, arbitrer un prix de beauté, est-ce que ce ne serait pas un gag de mauvais goût ?

— L'idée me paraît excellente, au contraire. Le laid qui se passionne pour l'esthétique, c'est bon pour ton image.

Pas très convaincu, j'en parlai à ma bien-aimée.

— Il n'y a rien de pire que ces concours de beauté, me dit-elle. Ces pauvres filles presque nues qui viennent sourire, en rang, devant d'ignobles vieillards...

— Bon. Je n'y vais pas.

— Si, au contraire, vas-y ! Va semer le trouble dans cette taupinière. On y a bien besoin d'un terroriste de ton espèce.

— Tu m'accompagnes ?

— Qu'irais-je faire là-bas ?

— Voir le Japon. Je t'invite.

— Tu es gentil, mais je ne peux pas.

— Pourquoi ?

— Je suis amoureuse.

Coup de poignard glacé dans ma poitrine.

— De qui ? demandai-je.

— Tu ne le connais pas.

En grande excitation, elle m'expliqua qu'il s'appelait Xavier (prénom qui me parut détestable) et qu'il était beau.

— Tiens ! Je pensais que tu étais au-dessus de ces considérations physiques, grinçai-je.

— Pas de la vraie beauté.

— Et qu'est-ce qu'il fait, dans la vie, ton bellâtre ?

— C'est un génie. Il est artiste peintre.

— Laisse-moi deviner : il va te peindre nue, n'est-ce pas ?

— Arrête, il n'a même pas encore remarqué que j'existais.

— Quel crétin !

— Aide-moi, je t'en prie.

Elle en aimait un autre et en plus elle voulait que je l'aide. C'était le comble.

— Veux-tu que j'aille lui déclarer ta flamme à ta place ?

— Non. Je veux que tu m'accompagnes à son vernissage.

— Je déteste les vernissages.

— Moi aussi. Comme je détestais les agences de mannequins. Ce qui ne m'a pas empêchée de t'y accompagner pour te rendre service.

– Soit. En quoi ma présence servira-t-elle tes plans ?

– Partout où tu vas, on ne voit que toi. A ton bras, je ne passerai pas inaperçue.

– Te rends-tu compte que tu veux utiliser ma laideur pour draguer ?

– Je n'ai pas l'intention de draguer. Je suis amoureuse, je veux qu'il me voie.

– Explique-moi pourquoi tu tombes amoureuse d'un peintre assez bête pour ne pas te remarquer.

Elle rit.

– Traite-moi d'idiote si tu veux. Cela fait si longtemps que je n'avais plus été amoureuse.

C'était vrai : depuis onze mois que je me consumais pour elle, je ne lui avais pas connu le moindre galant. Certes, elle ne me racontait pas tout : je pouvais lui supposer quelque aventure d'une nuit, mais rien de plus important.

J'en étais arrivé à croire que c'était normal et qu'elle m'appartenait. J'aurais été plus avisé de m'inquiéter de cette situation : si elle avait eu un cœur d'artichaut, je n'aurais pas eu à redouter la catastrophe présente – Ethel amoureuse, peut-être pour de bon !

Quel âne j'avais été ! J'aurais dû mettre à profit ces onze mois inespérés pour, sinon lui révéler les séductions de ma personnalité, au moins la dégoûter des hommes sans exception. J'aurais dû lui parler de cette fatuité grotesque à laquelle aucun mâle ne déroge, de la muflerie dans laquelle les plus polis ne manquent jamais de sombrer. J'aurais dû lui montrer enfin leur laideur, car les hommes sont laids, toujours laids, même si cela se voit moins que dans mon cas.

Au lieu de cela, qu'avais-je fait ? Rien. J'avais gaspillé mon temps, je m'étais laissé aller à ma pente naturelle et fatale, la contemplation béate et extatique de ma bien-aimée. J'allais payer.

Vint le vernissage. Comme d'habitude, je retrouvai les multiples raisons que j'avais de haïr ce genre de cérémonie : le ridicule des commentaires, les visages faussement à l'aise, l'inanité des propos mondains, les vérités sinistres cachées derrière ces attitudes.

Ce vernissage-ci était le plus détestable de ma carrière. Bien entendu, celle que j'étais venu aider était en retard. « C'est une loi de la nature, pensais-je : la femme amoureuse est en retard. C'est doublement énervant pour moi : d'abord parce que je suis seul, ensuite parce que, pour moi, elle n'a jamais été en retard. Et je vois trop bien ce que cela signifie. » En même temps, je me disais que l'exactitude était la politesse des rois et je trouvais singulier que les femmes expriment leur amour par de l'impolitesse : « Avec moi, au moins, elle a toujours été polie. » Maigre consolation.

Je cherchais des yeux l'objet de sa passion. Il arriva en retard, lui aussi, et cependant avant elle. Je ne possédais pas son signalement mais, dès qu'il entra, je sus que c'était lui. Il dégageait une assurance et une aisance formidables : quand cet homme-là entrait dans une banque, dans un musée, dans un restaurant, on devait le prendre pour le propriétaire de la banque, du musée, du restaurant.

En cette odieuse soirée, il avait l'air d'être le propriétaire de la galerie d'art. Les gens se pressèrent autour de lui pour lui débiter des fadaises qui différaient pas mal de celles qu'ils disaient avant l'arrivée du maître. J'étais ulcéré : comment une fille aussi rare qu'Ethel pouvait-elle être amoureuse de ça ? J'étais de mauvaise foi, certes : ce type était beau, son sourire montrait des dents saines. Ma bien-aimée était normale, elle avait donc envie d'un bel animal avec une bonne dentition.

La retardataire arriva enfin. Elle portait une robe saure assortie à ses cheveux épars : désarmante de grâce, elle se jeta sur moi, n'osant regarder personne.

— Est-ce qu'il est là ? me demanda-t-elle en m'embrassant.

— Oui. A dix mètres de toi, près du bar.

— Est-ce qu'il m'a vue ?

— Je ne sais pas. Tu veux que je te présente ?

— Non, non, par pitié !

— Tu veux qu'il te voie, oui ou non ?

— Oui. Non. Pas tout de suite.

— Tu crois que ça vaut la peine de se mettre dans un état pareil ?

— On voit bien que tu n'as jamais été amoureux.

Et c'était à moi qu'elle disait ça !

— Pourquoi m'as-tu laissé poireauter seul pendant quarante-cinq minutes ?

— J'étais folle. Aucune tenue ne m'allait. J'ai

fini par enfiler cette vieille robe. Est-ce que je suis bien ?

Et c'était à moi qu'elle demandait ça !

— Tu es sublime. Il ne te mérite pas.

— Merci.

— Franchement, qu'est-ce que tu lui trouves ?

— Il est magnifique, voyons ! Et quel artiste ! Avoue que ses toiles sont à couper le souffle.

— Je les ai regardées en t'attendant. Je n'ai absolument rien ressenti. Je suis frigide à la peinture moderne.

— J'ai envie d'une coupe de champagne mais il est près du bar. Comment faire ?

Soudain exaspéré, je l'empoignai par le bras et l'entraînai devant Xavier.

— Cher artiste, pourriez-vous offrir une coupe de champagne à cette jeune personne qui admire votre talent ?

— Certainement. Puis-je vous en offrir une à vous aussi ? Je suis très honoré de votre présence à mon vernissage. Je vous considère comme un grand anarchiste. Vous êtes formidable. J'ai tout de suite vu que vous étiez là et je n'osais pas venir vous parler. Puisque vous

m'avez abordé, je vous confie mon rêve :
j'aimerais vous peindre.

— Moi ? Quelle drôle d'idée. Vous devriez
plutôt peindre Ethel, qui est une comédienne
exceptionnelle.

— Certes, certes. Mais d'abord vous.

— C'est que je suis très occupé. Je dois partir
au Japon.

— Je comprends. Je me plierai à votre emploi
du temps. Puis-je vous demander, à vous en
qui j'admire l'artiste total, ce que vous pensez
de mes croûtes ?

Ma bien-aimée me regarda d'un air sup-
pliant. Enervé, je répondis :

— Il ne faut pas me poser ce genre de question. Je suis frigide.

— Frigide de l'œil ?

— Non, frigide à la peinture. Il suffit que l'on
me poste devant n'importe quelle toile, fût-elle
géniale, et aussitôt je ne ressens rien, absolument rien.

Je mentais pour Ethel, car ma frigidité se
limitait à la peinture moderne.

— C'est prodigieux, ce que vous me racontez.
On ne m'a jamais rien dit d'aussi beau sur mes

tableaux. Comme je suis heureux de provoquer en vous ce néant absolu !

L'Ostrogoth ! Il s'appropriait ma frigidité, il en faisait une réaction exclusive à son art. Je trouvais ça un peu fort et je m'apprêtais à lui signifier ma façon de penser quand Ethel s'interposa. Elle s'était accrochée à mon bras comme si j'avais été sa seule chance de mériter l'attention du maître. Pathétique, elle commença par s'excuser de son absence d'indifférence à l'égard de ses tableaux, puis elle décrivit les moindres frémissements que son œuvre suscitait en elle. Elle était somptueuse de maladresse et d'émotion ; à la place de Xavier, j'aurais été en train de mourir de joie et d'amour. Je regardai son visage : il était en train de détailler, à travers la robe, ce que cette écervelée avait à lui offrir.

– Des perles aux pourceaux, grinçai-je entre mes dents.

J'aurais voulu attraper le bélître par les revers de son veston, le secouer et lui crier : « A genoux ! A genoux quand la madone te parle ! » Dégoûté, je le vis prendre son carnet d'adresses et noter les coordonnées de l'ange. « Et toi, bécasse, comment peux-tu trembler comme ça ? Il n'en a qu'à ton cul, ça crève les yeux. Explique-moi pourquoi une muse sacrée s'éprend d'une autre gonflée de satisfaction. J'ai beau être laid à hurler, je me trouve mille fois plus séduisant que ce monument de fatuité. »

J'étais d'une humeur exécrable quand l'heureux élu se tourna à nouveau vers moi avec un air entendu (« Après cet intermède dont vous comprenez la nature, j'ai besoin de retrouver un interlocuteur véritable »). Il me posa une question que je n'entendis pas, tout à mes ruminations furibondes et à ce postulat d'injustice absolue contre lequel il est impossible de lutter. Un silence inquisiteur me signifia qu'on attendait ma réponse. Je pris la parole au hasard, laissant couler de ma bouche, comme de la bave, les premiers mots qui me vinrent à l'esprit :

– C'est de la pornographie. La pornographie a ceci d'excellent qu'elle est une explication globale de notre époque. Qu'est-ce que la pornographie ? C'est une réponse à l'anorexie généralisée que nous sommes en train de vivre.

Nous n'avons plus faim de rien et nous n'avons pas tort, car on voit mal de quoi nous pourrions avoir envie. Nos yeux et nos oreilles sont encore plus gavés que nos estomacs. La pornographie, c'est ce qui parvient à susciter un simulacre de désir chez ceux qui ont eu trop de tout. C'est pourquoi, aujourd'hui, l'art dominant est pornographique : il est le seul qui parvient à attirer l'attention, en suscitant un faux appétit. Et nous, comment allons-nous réagir à cela ? Moi, j'ai choisi une forme d'ascèse, à savoir la frigidité avouée. Je n'ai envie de rien parce que je ne ressens rien. Car le public a une responsabilité dans cette pornographie : s'il n'avait pas tant simulé l'orgasme, les artistes ne continueraient pas à faire semblant de croire que ça leur plaît.

Au terme de mon laïus, je me rendis compte qu'Ethel et Xavier me regardaient avec la plus profonde perplexité. Je soupçonnai que ma réponse n'avait pas convenu à la question qui m'était posée. Ennuyé, je misai sur la rapidité, le happening : je pris congé brusquement et je sortis en entraînant ma bien-aimée.

– Qu'est-ce qui t'a pris de te lancer dans une discussion philosophique sur la pornographie ?

– Quelle question m'avait-il posée ?

– Il nous proposait d'aller manger des huîtres avec lui au restaurant.

Quelques jours plus tard, la belle m'appelait au téléphone, bouleversée.

– Devine avec qui je dîne ce soir.

– Avec notre grand peintre.

– Oui. Il vient de me téléphoner. Je suis si heureuse ! Tout ça, c'est à toi que je le dois. Il n'a pas cessé de me parler de toi.

– C'est d'une classe folle. Tu aurais dû lui demander si ce n'était pas avec moi qu'il avait envie de dîner.

– Il en a certainement envie. Mais il a dit qu'il avait été ébloui par ta manière si fine et si loufoque de refuser son invitation : il t'admire !

– Il n'est pas difficile.

– Au contraire ! dit-elle, vexée.

– C'est surtout toi qui n'es pas difficile, si tu veux mon avis.

— Arrête. Comment pourrait-il te plaire ? Tu n'es pas homosexuel, que je sache.

— Je ne le juge pas en tant qu'objet sexuel. C'est en tant qu'être humain qu'il me déplaît.

— Je t'en prie, ne gâche pas tout. Je suis si heureuse !

— Parce que tu vas coucher avec lui ?

— Qu'est-ce que tu as ? Tu ne m'as jamais parlé comme ça.

— Pourquoi es-tu si hypocrite ? Tu frétilles à l'idée qu'il te baise !

— Tu n'es pas obligé d'être vulgaire.

— Tu ne vois donc pas que si ce type t'invite à dîner, c'est uniquement pour ça ?

— Qu'est-ce que tu en sais ?

— Tu t'imagines que c'est pour ta conversation ?

— De plus en plus charmant.

— Comprends-moi : ta conversation est exquise, mais il s'en fout ! Au vernissage, il n'écoutait pas un mot de ce que tu lui disais. Il te déshabillait du regard, il se pourléchait.

— Je suis assez grande pour me défendre sans toi.

Le lendemain, elle me téléphona de son nuage. Elle se déclarait prête à mourir de béatitude. Xavier était le plus merveilleux des hommes.

— Tu as couché avec lui ? demandai-je d'une voix glaciale.

Rire gêné.

— Oui. Nous sommes amoureux. C'est magnifique. Il m'a dit de si belles choses. Je suis folle de lui.

L'entendre débiter de telles fadaises me mit hors de moi. Je lui souhaitai beaucoup de bonheur et raccrochai le plus vite possible.

Aussitôt après, je téléphonai aux organisateurs de l'élection de Miss International. Je leur dis que j'acceptais d'être membre du jury. Ils applaudirent. Je leur demandai s'il n'y avait pas moyen de partir au Japon sur-le-champ.

— Mais, monsieur, nous sommes fin décembre. Vous n'êtes pas attendu là-bas avant le 10 janvier.

— Je paierai la chambre d'hôtel.

— Là n'est pas la question. Kanazawa est une petite ville du nord de Honshu, où il ne se passe rien. Que ferez-vous, là-bas, tout seul ?

– J'ai toujours rêvé de devenir ermite au Japon. D'ailleurs, n'y aurait-il pas moyen d'organiser ce concours encore plus loin ? En Tasmanie ?

Il était clair que je les perturbais. Je finis par accepter de partir le 9 janvier. Nous étions le 28 décembre. Quel cauchemar ! Passer d'une année à l'autre m'avait toujours paru un drame. Cette fois-ci, ce serait encore pire : 1996 avait été l'année essentielle de ma laide existence, qui m'avait vu tomber amoureux fou et, accessoirement, devenir célèbre. Et il allait falloir quitter ce millésime admirable pour en vivre un autre qui ne présageait rien de bon.

Le comble de l'horreur, bien entendu, c'était qu'Ethel allait m'appeler chaque jour pour me raconter. Elle pleurerait et je devrais la consoler. Elle serait joyeuse et je devrais partager son odieuse allégresse. Oh non !

J'essayai de me raisonner. Qu'est-ce que cela pouvait me faire ? Elle n'en était pas à sa première histoire d'amour. Sa virginité, elle l'avait déjà perdue depuis longtemps. Ce ne serait jamais qu'une passade de plus, au terme de laquelle ma bien-aimée se retrouverait un peu meurtrie, certes, inchangée cependant.

Je n'aurais eu le droit d'être jaloux que si j'avais conçu le projet d'avouer mon amour à la belle et de lui en inspirer autant. Telle n'avait jamais été mon intention. Il eût fallu être fou pour cela et je n'étais pas fou.

Je pensais aussi que je n'allais plus avoir avec Ethel ces longues conversations à bâtons rompus, où j'abordais les sujets les plus divers et pendant lesquelles elle m'appartenait. A présent, quand je la verrais, il faudrait parler amour – son amour. Elle allait me raconter les moindres faits et gestes du divin Xavier, me les disséquer et m'expliquer en quoi ils étaient miraculeux, exceptionnels, etc. Non que ma bien-aimée fût stupide : elle était normale.

Cette perspective m'accabla tant que je retéléphonai aux organisateurs de l'élection de Miss International pour leur demander de me réserver un aller simple et non un aller-retour :

– Je veux passer ma vie à Kanazawa. J'aime cet endroit.

– Vous n'y êtes jamais allé !

119

— Précisément. C'est pour ça que j'aime cette ville.

On m'expliqua que, de toute façon, on me réserverait un aller-retour : cela leur coûterait moins cher.

— Il vous sera toujours loisible de ne pas utiliser le billet de retour. Mais le permis de séjour est très difficile à obtenir au Japon.

Je raccrochai en détestant ce monde où l'exil des cœurs brisés n'était plus possible.

Les derniers jours de 1996 furent une abjection. Ma bien-aimée nageait dans un bonheur repoussant et tenait à ce que j'en sache les moindres détails. Loin de moi l'idée de la juger : elle était dans cette phase hypnotique des débuts amoureux, où la débilité paraît sublime et où l'indécence triomphe. Si seulement je n'avais pas été son meilleur ami !

Je ne savais pas, d'ailleurs, que tel était mon titre. Auparavant, elle ne me nommait pas, je n'avais pas à ses yeux une place déterminée ou, si j'en occupais une, elle ne me l'avait pas précisée. C'était beaucoup mieux : les rêves les plus insensés restaient permis.

Nul doute que ce ne fût à cause de Xavier.
J'imagine la scène ; il devait lui avoir demandé
la nature exacte de nos relations, à elle et moi.
Elle avait sans doute réfléchi avant de répondre : « Epiphane est mon meilleur ami. » Allé-
gation qui avait le double mérite d'innocenter
notre tendresse mutuelle (ce dont je me serais
passé) et de faire rejaillir sur elle l'admiration
que le bellâtre nourrissait à mon endroit.

Ce fut le 29 décembre que j'eus droit à cette
déclaration non concertée. Ethel venait de me
raconter avec extase que le grand artiste ne
portait aucun sous-vêtement.

— Jamais, tu comprends, jamais !

— C'est répugnant.

— Non ! C'est fabuleux.

— Ethel, pourquoi me dis-tu ça ? Ça ne me
regarde pas.

Le téléphone resta silencieux quelques
secondes avant de me répondre :

— C'est parce que tu es mon meilleur ami.

Elle avait prononcé cette horrible phrase
avec solennité. Si je n'avais pas été si chevale-
resque, je lui aurais signifié que je ne voulais
pas de son amitié, surtout si cela devait me

condamner à ne rien ignorer de l'intimité de mon rival. Mais quelque chose m'a toujours empêché d'être mufle envers la madone et j'ai adopté l'attitude qu'elle attendait.

— Tu m'en bouches un coin, dis-je d'une voix bouleversée.

— Tu t'en doutais, non ? enchaîna-t-elle avec une tendresse atroce.

— Vraiment pas, répondis-je — et je ne mentais pas.

— Tu es aveugle ! C'est parce que tu es trop humble. Tu es incapable d'imaginer les engouements que tu suscites.

— Au contraire, c'est parce que je suis trop vaniteux. J'imaginais que tu m'aimais d'amour fou, dis-je en grinçant.

Elle éclata de rire :

— Tu es merveilleux !

C'était clair : quand un homme trop laid déclare sa flamme à une femme trop belle, ce ne peut être qu'une plaisanterie.

— J'en ai de la chance : j'ai l'amant le plus fabuleux et l'ami le plus sensationnel de la Terre !

— Ça crie vengeance au ciel, glissai-je avec perfidie.

— Je m'en rends compte. J'espère que cet excès de bonheur n'annonce pas un drame.

— Si, forcément. Le drame, c'est que je pars le 9 janvier au Japon, sans toi. Comme je vais te manquer ! A qui pourras-tu parler des caleçons de ce jeune dieu ?

Elle ne releva même pas.

— Le 9 janvier ? Parfait ! Tu pourras donc assister à la première du film.

— *Le tropisme évanescent* ?

— Oui. Il y aura une soirée de gala le 7 janvier. Viens m'aider à supporter ce navet.

— J'imagine que Xavier viendra aussi.

— Oui, murmura-t-elle.

Il y avait un spectre dans sa voix. J'eus soudain pitié d'elle et je formulai tout haut le contraire de sa frayeur :

— Pour autant que tu ne l'aies pas largué entre-temps.

Elle eut un rire bizarre. J'avais touché juste.

Le lendemain, elle me téléphona à nouveau.

— Non, Ethel, j'en ai assez de tes coups de

fil. Je veux te voir. Depuis que tu es avec Xavier, tu m'abreuves de ta voix et tu me prives de ta présence. Je suis ton meilleur ami, j'ai des droits : j'exige de te voir.

— J'arrive.

Auparavant, je me faisais « beau » pour elle : je m'habillais bien, je me récurais. Là, j'étais découragé : je ne me lavai pas, je restai dans mon vieux peignoir et, comble des inélégances, je laissai la télévision allumée.

Elle entra, sublime et blafarde.

— Tu as mauvaise mine.

— Je n'ai pas dormi, dit-elle.

Nous restâmes quelques instants avachis devant le poste. Une publicité pour des serviettes périodiques incroyablement absorbantes nous tira de notre torpeur. Ma bien-aimée éteignit la télévision.

— Quand je vois ça, j'ai honte d'être une femme.

Elle éclata en sanglots.

— Je vais écrire à ces serviettes périodiques, intervins-je. Je veux les avertir que leurs publicités te font pleurer.

Pathétique, elle rit entre ses larmes. J'eus

droit au récit du drame. La veille, elle avait demandé au bellâtre s'il allait l'accompagner à la première du film ; il lui avait répondu qu'il était contre ses principes de donner son accord si longtemps à l'avance.

— Tu te rends compte ? Il appelle ça « si longtemps à l'avance » ! En langage clair, ça signifie qu'il n'est pas sûr d'être encore avec moi dans une semaine.

Je pensai que ce type était un goujat doublé d'un imbécile : car enfin, même s'il avait eu le projet de quitter ma bien-aimée avant le 7, que lui eût-il coûté d'accepter sa proposition qui, en cas de rupture, eût été annulée ipso facto ? Que diable faisait-elle avec ce mufle ? Je fus sur le point de lui poser la question. En lieu de quoi, la compassion et la bêtise m'inspirèrent ce commentaire :

— Voyons, Ethel, tu délires ! Il n'a pas voulu dire une chose pareille. La passion t'égare.

— Qu'a-t-il voulu dire, alors ?

— Eh bien, ce qu'il a dit. Il n'aime pas faire des projets. C'est le genre d'homme qui veut vivre dans l'instant.

Je n'en revenais pas : non seulement je

défendais mon rival, mais en plus je proférais d'épouvantables lieux communs.

— En quoi ceci l'empêche-t-il de m'accompagner à la première d'un film dont je joue l'un des rôles principaux ? me demanda-t-elle avec pertinence.

— C'est un artiste. Il n'aime pas se sentir ligoté par des engagements, des dates.

— Qu'est-ce que tu racontes ? Il avait bien fixé la date de son vernissage et il honore ses rendez-vous à lui.

— C'est bien ce que je dis, il est égocentrique, comme tous les créateurs.

— Tu trouves que c'est une excuse ?

— Non. Seulement, si tu l'aimes, tu dois accepter ses défauts.

Elle me regarda, pétrifiée.

— C'est par solidarité masculine que tu dis de telles sottises pour le défendre ?

J'avais voulu la consoler : je récoltais ma récompense. Moi, accusé d'être solidaire de ce bélître, au nom de la virilité ! C'était un peu fort.

— Ecoute, j'essaie d'être gentil.

— Je ne te demande pas d'être gentil, je te demande de m'aider à y voir clair.

— Encore faudrait-il qu'il y ait un mystère. Il n'y en a aucun.

— Crois-tu qu'il m'aime ?

— Crois-tu que je sois l'individu le plus qualifié pour répondre à cette question ? C'est à lui qu'il faut la poser.

— Je ne peux pas.

— A toi-même, alors.

— J'ai perdu le jugement. Toi, tu es objectif. Tu connais tous le détails de notre histoire.

— Non, c'est ridicule. Je ne veux plus de ce genre de conversations. Ça ne me regarde pas.

Ses sanglots, qui avaient séché, reprirent de plus belle. Voir pleurer la femme que l'on aime — la voir pleurer pour un autre ! — était au-dessus de mes forces. Je cédai à la lâcheté et pris Ethel dans mes bras.

— Oui, il t'aime ! Ça crève les yeux !

Plût au Ciel qu'elle ait compris qui était ce « il ».

— Tu crois ? me répondit une voix étranglée.

— J'en suis sûr.

Je la serrais à l'étouffer. Il m'était donné de

127

déclarer ma flamme à ma bien-aimée, d'une manière déguisée, certes, mais divinement libératrice. Je laissai couler le contenu de mon âme ; il suffisait de parler de soi à la troisième personne, tel Jules César. Comme je est un autre, cette nouvelle conjugaison ne me posait aucun problème.

— Il t'aime, il est malade de toi, il est ivre de ta beauté, il en a plus besoin que de boire et de manger, il ne pense qu'à toi, il ne vit que pour toi, il n'est jamais aussi heureux que quand il t'a entre ses bras, et quand il est loin de toi il a l'impression qu'un boulet de canon lui a vidé le thorax.

J'aurais pu continuer longtemps comme ça. C'était si facile : il suffisait d'ouvrir la bouche pour livrer passage à une meute de mots qui ne demandaient qu'à sortir.

J'entendis la voix extatique de celle que j'étreignais :

— Comment sais-tu tout ça ?

— Parce que ça crève les yeux.

Les yeux et les tympans !

Elle restait pelotonnée entre mes bras, hagarde d'hébétude — et c'était mon œuvre.

– Dis-moi... dis-moi encore des choses qui crèvent les yeux. C'est si bon.

Elle en redemandait ! Elle allait en avoir. Je lâchai à nouveau les chiens :

– Il est écartelé entre deux besoins contradictoires, celui de se jeter à tes pieds pour t'adorer et t'avouer tout l'amour qu'il te porte, et celui de te meurtrir, de te faire mal pour lutter contre ce que tu lui inspires. Son amour l'agenouille en même temps qu'il lui hérisse les griffes. C'est pour ça que tu le tortures et l'obsèdes au dernier degré.

Soudain rattrapé par l'idée que je parlais au nom d'un autre, je me tus. C'était tant mieux, car j'étais en train d'outrepasser ma marge de manœuvre.

Dans mon étreinte, Ethel était sonnée.

– Comme il m'aime ! murmura-t-elle. Comme je suis aveugle !

Oh oui !

Elle sortit de mes bras et me laissa vide.

– J'ai toujours su que tu étais un mage, dit-elle. On n'a pas une figure comme la tienne si l'on n'est pas radicalement différent des autres. Tu vois au travers des gens. Tu n'as rencontré

Xavier qu'une seule fois et tu as compris qui il était. Tu as senti ce qu'il éprouvait pour moi.

Elle ne croyait pas si bien dire. Avait-elle donc oublié ce que je lui avais confié au sujet du bellâtre, le lendemain du vernissage ? J'envie cette capacité d'amnésie volontaire qu'ont certaines personnes. Même les autruches n'ont pas de telles ressources d'aveuglement.

Ecroulée sur le canapé, ma bien-aimée atteignait le septième ciel.

— Je n'ai jamais été aussi heureuse de ma vie.

Et c'était moi qui t'avais mise dans cet état ! Celui qui couchait avec toi ne t'avait pas fait jouir autant que moi. Gloire aux mots, gloire à mes mots qui baisaient mieux que le sexe de mon rival !

— Sans toi, Epiphane, je serais passée à côté de tout. Te rappelles-tu dans quel état j'étais quand je suis arrivée ici ? Et vois-tu comment je suis maintenant ? C'est à toi que je le dois. Tu es beaucoup plus que mon meilleur ami : tu es mon frère.

Voilà qui me plaisait davantage. Avec un frère, au moins, l'inceste devenait possible.

Ma joie fut de courte durée. Ethel courut rejoindre son amant. Un autre allait bénéficier des ardeurs que j'avais tisonnées en elle. *Margaritas ante porcos.*

J'ensevelis les deux derniers jours de 1996 dans la télévision, pour ne pas avoir à les vivre. Il y avait des programmes atroces : on nous resservait des compilations des événements de l'année. Cadavres de petites filles, réfugiés zaïrois mourant par milliers, scandales sordides : il fallait être fou pour regarder ça. Je finissais par comprendre que je l'étais devenu.

J'avais reçu deux mille invitations pour la nuit de la Saint-Sylvestre : je les avais toutes refusées, alléguant que j'en avais accepté d'autres.

Je voulais être seul afin de m'offrir un cadeau dont je rêvais depuis mon enfance : des boules Quies. L'après-midi du 31 décembre, j'allai m'en acheter à la pharmacie. Je fus émerveillé par la beauté de la boîte, par le mystère de ses hiéroglyphes. De retour chez moi, je l'ouvris : il y en avait assez pour assourdir un régiment.

L'heure venue, je déshabillai deux d'entre elles de leur coton protecteur et découvris des boulettes de pâte d'amande teinte en rose. Je respectai le mode d'emploi à la lettre : je les chauffai entre mes doigts et les roulai en cylindres. Ensuite, je les regardai comme le désespéré contemple un revolver : quand on est homme-oreille, se mettre des boules Quies équivaut à se suicider.

Avec solennité, je les enfonçai dans mes conduits auditifs. Un miracle se produisit : le monde disparut autour de moi. Je devins l'unique réalité existante. Au début, la sensation était désagréable ; dix minutes plus tard, il n'y avait plus trace de cette vague douleur. Il n'y avait plus que ma solitude fastueuse et érémitique.

Je me couchai avec *La Chartreuse de Parme*, l'un de mes livres préférés. Très vite, je m'aperçus que j'étais incapable de lire : les bruits de mon corps couvraient la voix du texte aimé. En vérité, mon anatomie produisait tant de décibels qu'il eût été impossible de diriger mon attention vers un objet extérieur.

J'étais muré en moi. C'était une sensation extraordinaire : j'éteignis la lumière pour en jouir davantage, blindant ma surdité en y joignant la cécité. Le drap devint linceul. On m'avait enterré vivant. J'étais dans mon caveau.

Une excitation fabuleuse s'empara de mon esprit : j'analysai avec passion les fracas de mon estomac, la cadence de ma circulation sanguine et d'autres sons incompréhensibles, aussi insolites que des portes qui claquaient. Mon cœur battait comme une bombe à retardement. Il me semble n'avoir jamais rien vécu de si intéressant que cette incarcération volontaire.

Je me demandai soudain avec angoisse si les boules Quies avaient tué Ethel dans mon cerveau : mais non, je pouvais l'apercevoir au travers des rainures de mon cachot, tel Fabrice en prison entrevoyant Clélia. Décidément, il ne me manquait rien en mon nouveau séjour.

Je ne pus pas détailler plus longtemps les luxueuses énigmes de cet Olympe car une torpeur ne tarda pas à me napper de plomb. Moi, l'insomniaque diplômé, je m'endormis, je sombrai dans un sommeil d'une profondeur inconnue. Les boulettes de cire rose m'avaient si bien colmaté que j'étais bouché, imperméable à l'univers. Je ne savais pas que le coma était si voluptueux. J'y demeurai pendant douze heures.

A mon réveil, une catastrophe avait eu lieu : nous n'étions plus en 1996. Combien l'épouse défunte paraissait plus belle que la jeunette qui croyait l'avoir supplantée ! 1997 pensait être fraîche : elle n'était qu'inconsistante.

J'ouvris les rideaux pour voir ses yeux : elle n'avait même pas de regard. Les rues étaient vides, les rares passants portaient le deuil de celle dont le monde serait à jamais veuf.

Ce dégoût du 1er janvier, je l'avais éprouvé chaque année, certes ; cette fois, c'était bien pire. 1996 avait été à tous égards une *annus horribilis*, mais pour moi et moi seul, elle aurait toujours les traits de ma bien-aimée.

Sur le front téléphonique, la situation était préoccupante. Rien n'est plus difficile que de contrer un adversaire sans talent : l'ennemi n'en avait aucun. La correspondante de guerre m'appelait de plus en plus souvent. Elle me racontait certains propos du bellâtre : ce n'était pas tant des mufleries que des inanités dont l'interprétation laissait place à la muflerie. Notre Xavier n'avait pas l'étoffe d'un Costals :

aucun génie dans ses indélicatesses, dont on sentait qu'aucune n'était voulue ou consciente. Toutes portaient la marque d'un esprit lour-daud et incapable d'égards, typique de ceux qui n'ont jamais eu à se donner de la peine pour plaire – typique, aussi, d'un être étranger à l'amour.

A moi, en revanche, il me fallait des trésors de finesse pour parvenir à inventer un sens à ses propos qui en étaient dénués et, le cas échéant, à les excuser.

J'avais souvent l'impression d'être un tra-ducteur doublé d'un professeur de bonnes manières ; il n'était pas rare que la bien-aimée me demande pourquoi le grand artiste avait pu lui dire telle ou telle chose regrettable. Je pre-nais alors le ton de celui qui connaît les usages du monde et répondais : « Ça se fait. »

Elle m'admirait : « Tu comprends si bien la vie en société. Moi, on croirait que je reviens d'une île déserte. » Ignorait-elle que mon phy-sique m'avait enfermé sur une île déserte pen-dant vingt ans ? Mais il était exact que cette disgrâce m'avait permis d'y voir clair dans les rapports humains. Rien de tel que d'être profondément indésirable pour savoir à quel point les gens se fichent de vous. Ethel, belle comme une vierge de Jérôme Bosch, n'était pas au courant de l'indifférence totale que l'homme éprouve envers son semblable.

Sa bonté l'isolait encore davantage. La première du film approchait : l'actrice se devait de rencontrer quelques journalistes. Il fallait voir avec quelle générosité elle parlait de cette œuvre dont je savais pourtant combien elle la détestait. Elle s'enthousiasmait pour le « talent » du cinéaste et qualifiait de « chance immense » le fait d'avoir travaillé avec lui. Si elle avait été payée au pourcentage, je l'aurais soupçonnée de mentir par intérêt, quand elle mentait par gentillesse pure et simple – car elle n'avait rien à y gagner et même beaucoup à y perdre : il était compromettant de chanter les louanges d'un tel navet.

Moi, j'étais impatient de fuir son histoire d'amour. J'avais reçu le billet d'avion pour le Japon et je le contemplais avec délice.

Au soir du 7 janvier, le bellâtre condescendit à accompagner sa maîtresse à la première de *La*

condition humaine est un tropisme évanescent.
J'eus donc l'heur de le revoir. Il se jeta sur moi
comme pour donner à croire que nous étions
les meilleurs amis du monde. Il portait des
lunettes noires et s'étonna que j'en fusse
démuni.

— A moi, il me faudrait au moins une
cagoule, lui répondis-je sur un ton narquois.

Il hurla de rire et s'extasia de « mon esprit ».
Je m'aperçus qu'il me tutoyait. Cela me fut
odieux. Je décidai de ne pas le lui réciproquer.

— Tu n'as pas peur qu'on te reconnaisse ?

Je haussai les épaules.

— On me reconnaîtra. C'est leur problème,
pas le mien. Je m'en fiche.

— Tu as raison, au fond. Il suffit de s'en
foutre. Je fais comme toi.

Et il enleva ses lunettes noires. Mais personne ne le reconnut de toute la soirée, pour
sa plus grande perplexité.

Drapée dans son trac, Ethel était magnifique. Elle était la seule à paraître angoissée : le
réalisateur, lui, regardait les futurs spectateurs
avec mépris, l'air de penser que le public était
un mal nécessaire.

– Je suis soulagé de ne pas t'avoir engagé, me dit-il. Quand je t'ai rencontré, tu n'étais personne. Maintenant, tu es une vedette internationale. Si tu avais joué dans mon film, il aurait été pris pour un machin commercial. Les moindres péquenots seraient allés le voir.

Il avait au moins le mérite d'être sincère.

Xavier s'assit à la droite de ma bien-aimée et moi à sa gauche. La projection commença ; la jeune première s'agrippa à nos mains. Le grand artiste lui retira la sienne, l'air incommodé. Moi, j'en profitai pour garder prisonnière la paume d'Ethel.

– Combien de temps dure le film ? lui susurrai-je à l'oreille.

– Deux heures quarante-cinq.

« Horreur », pensai-je.

Au cours de ma vie de spectateur, je me suis farci nombre de navets rien que pour voir une actrice qui me plaisait. Si mauvais que puisse être un scénario, je ne m'ennuie jamais quand je vois une belle fille. Je me concentre sur elle, je ne regarde rien d'autre.

En l'occurrence, « le tropizme évanescent » avait un sacré argument pour me séduire : deux heures et quarante-cinq minutes d'images de ma madone, ce serait le paradis. Ce ne le fut pas.

D'abord, sur cent soixante-cinq minutes, il n'y en eut que cinquante où l'on voyait l'héroïne : cela faisait cent quinze minutes de trop. Près de deux heures de déchets : c'était beaucoup.

Ensuite, sur les cinquante minutes d'Ethel, il n'y en avait que dix où elle fût reconnaissable : pendant les quarante autres minutes, le réalisateur l'avait grimée au point de la défigurer, comme s'il avait été gêné de sa beauté. C'était ridicule : il eût été mieux avisé de choisir directement une actrice laide.

Enfin, les dix minutes au cours desquelles le cinéaste n'avait pas été capable de dissimuler la grâce de ma bien-aimée souffraient d'une grave problème de montage ; je demandai à l'oreille de ma voisine si le monteur était atteint d'un hoquet chronique : elle me répondit que la monteuse avait la maladie de Parkinson et que c'était la raison pour laquelle le réalisateur avait voulu cette technicienne. Je me mis à rigoler très fort : les gens se retournèrent avec

indignation car c'était une scène particulière-
ment tragique ; le bellâtre trouva ma réaction
plutôt sophistiquée et m'imita.

Grâce à quoi, il resta éveillé quelques instants. Le reste du temps, il dormait du sommeil
du mufle : on l'entendait ronfler dans la salle
entière. Ethel semblait en être attristée.

Fidèle à mon personnage, je lui murmurai :
— Ne lui en veux pas. Le film est assommant,
ce n'est pas sa faute.

— C'est vrai, le film est assommant, répéta-
t-elle avec une grimace.

Il l'était, en effet. Le scénario était une
absence de scénario, et l'auteur avait tenté de
le dissimuler derrière des scènes absconses et
une esbroufe narrative, de manière à ce que le
spectateur naïf se sentît stupide de ne pas comprendre la subtilité de l'intrigue.

Les dialogues étaient rares et c'était heureux,
car ils étaient d'une nullité qui n'avait d'égale
que leur prétention.

La musique avait un côté étrangement raco-
leur, ce qui eût pu me plaire si cela n'avait si
peu collé avec ce film. Tant qu'à être barbant,
autant l'être à fond : l'œuvre peut alors être

qualifiée d'ascétique, ce qui est noble. Or, avec les tubes qui l'accompagnaient, *Le tropisme évanescent* se donnait un genre dragueur qui annulait les dernières possibilités d'estime que l'on eût pu concevoir à son endroit.

Enfin, le plus grave, c'étaient les images. Qu'un cinéaste ne veuille pas faire joli, je le comprends. Qu'il veuille faire répugnant, ou vulgaire, ou excessif, ou terne, je le comprends aussi. Qu'il veuille faire « rien » – atypique, sans qualité, sans style, degré zéro –, je le comprends encore. Qu'il ne veuille rien faire, je ne le comprends pas. N'est-il pas plus logique, s'il ne veut rien faire, de ne pas tourner de film ?

Pour le genre d'image de son œuvre, une caméra vidéo pour goûter d'anniversaire eût convenu aussi bien. A priori, ce genre de simplicité ne me déplaît pas. Mais alors, pourquoi ne pas avoir utilisé cette caméra vidéo ? Cela lui eût coûté moins cher et c'eût été sympathique. Et puis, pourquoi ces ombres peintes, ces décors alambiqués, ces quatre-vingts prises pour chaque plan, ces moyens faramineux, si c'était pour en arriver à des images aussi insignifiantes ?

Quelle que fût la manière dont on l'envisageât, ce long métrage était indéfendable. Cependant, il ne me rebuta pas, pour des raisons qui ne pouvaient concerner que moi. Il y avait la scène du taureau, qui coïncida avec ma découverte d'Ethel : l'auteur avait beau l'avoir ratée, elle ne m'en bouleversa pas moins. Je serrai la main de ma bien-aimée comme si c'était un grand moment de l'histoire du cinéma. Elle me sourit.

Il y eut aussi des moments où, malgré les efforts du maître, sa beauté transperça l'écran. L'éclairage du film était si laid que même pendant la scène de corrida, qui était censée se passer en une arène sévillane, on se serait cru au bloc opératoire. Personne n'est flatté par ce genre de tube néon. Or le visage de la jeune première possédait son propre éclairage intérieur qui couvrait celui des projecteurs : il trouvait le moyen de resplendir au travers de tant d'atrocités, comme auréolé d'un éclat autonome, à la manière d'une vierge de Memling.

Ces instants de grâce furent foudroyants. Mis bout à bout, cela ne faisait jamais que quelques secondes, mais à mes yeux le navet entier s'en trouvait justifié. Cent soixante-cinq minutes creuses et moches pour dix secondes de splendeur, cela correspondait aux proportions de l'existence humaine : soixante-dix années de vie pour une semaine d'extase.

L'intention de l'auteur n'avait sans aucun doute pas été de reproduire ce contraste. Je conservai cependant mon droit à ne pas tenir compte de ses directives et à extraire mon œuvre de son œuvre. Moyennant quoi, *La condition humaine est un tropisme évanescent* déclencha en moi un certain enthousiasme.

Quand la projection prit fin, j'applaudis à tout rompre. Je fus le seul.

— J'adore ton second degré, me dit Xavier que mon ovation avait réveillé.

Il y eut dans la salle un silence térébrant. Ethel eut pour moi un regard effaré. Elle n'osait pas se tourner vers le bellâtre.

Autour de nous, les gens se levaient, fatigués. Le film avait déteint sur eux, ils étaient vides et laids. J'essayai d'analyser leurs réactions ; je m'aperçus que leur air blasé dissimulait une angoisse sans nom : ils ne savaient pas s'ils étaient tenus d'aimer ou de ne pas aimer ce qu'ils venaient de voir car ce réalisateur avait la cote chez les cinéphiles. Ils crevaient de peur de se tromper, d'afficher une opinion opposée à celle qu'ils auraient dû avoir. L'essentiel était de ne pas proférer une phrase irrécupérable. Ainsi, quand quelques semaines plus tard la critique se serait prononcée, ils ne se seraient pas compromis.

Dans le doute, il a toujours été plus dangereux d'admirer un artiste que d'avoir des réserves à son sujet. Ce n'est pas seulement une question de courage : il faut en soi beaucoup de substance pour être capable d'estimer un créateur, a fortiori pour déterminer sans « l'aide » de quiconque s'il est estimable. Or la plupart des gens ne contiennent pas ou peu de substance. C'est pourquoi il y a tant de fans et si peu d'admirateurs, tant de contempteurs et si peu d'interlocuteurs.

Ce soir-là, il n'y eut pas de miracle : le public vierge n'eut pas de talent. A part moi qui proclamai mon engouement et Xavier qui détesta haut et fort, personne n'émit quoi que ce fût qui ressemblât à un avis. Je pensai avec réconfort que le réalisateur et ses spectateurs s'équivalaient dans la nullité.

Les gens s'en allèrent sans tarder pour masquer la panique que leur causait leur absence d'opinion. Restèrent dans la salle l'équipe au grand complet, l'amant de ma bien-aimée et moi. Je serrai la main du cinéaste et parvins à être élogieux sans avoir à mentir :

— Félicitations. C'est beaucoup mieux que ce à quoi je m'attendais. Il y a une vision du monde dans ton œuvre : tu as établi ta propre répartition entre le beau et le laid, la pesanteur et la grâce. Ta proportion est pessimiste : je suis d'accord avec elle. Ton film laisse échapper des fulgurances de sens et de splendeur qui disparaissent aussitôt, comme dans la vie. Le titre s'en trouve justifié : oui, nos tropismes sont évanescents.

— Ouais, dit Pierre, l'air de s'en foutre.

— Bravo, sourit Ethel qui l'embrassa.

— Le public m'a confirmé que c'était bien, continua Pierre. Vous avez vu ? Il était K.O., neutralisé. C'était ce que je voulais.

— Bon. On bouffe ? bâilla le bellâtre.

Nous nous ruâmes sur les petits fours. Rien ne donne aussi faim qu'un film creux.

— Tu es le roi des menteurs, me dit la jeune première.

— Quel hypocrite, mon vieux ! rigola son amant.

— Je n'ai pas menti, protestai-je.

— Pendant la projection, tu m'as chuchoté que c'était assommant, répondit-elle.

— C'était chiant ! renchérit le mufle.

— Ce n'est pas contradictoire, assurai-je. Une interprétation du monde est souvent assommante, à l'image du monde lui-même.

— On se fout de ça ! lança le peintre. Au cinéma comme au théâtre, il n'est de pire péché que l'ennui.

— En effet. Mais ce n'était pas toujours ennuyeux, dis-je en pensant aux instants où apparaissait la belle.

— Oh si, c'était chiant sans arrêt ! clama ce délicat personnage qui était incapable de concevoir que cela pût blesser son amante.

— Qu'en savez-vous ? lui rétorquai-je. Vous n'avez pas cessé de dormir.

— J'en ai vu assez pour savoir que c'était nul d'un bout à l'autre.

— Vous avez commencé à ronfler dès la fin du générique de début. Vous n'avez pas voix au chapitre. Vous avez raté des scènes où Ethel était belle à couper le souffle.

— On ne va pas au cinéma pour voir de jolies filles.

— Il n'est pas question ici de jolies filles, il est question de votre amante.

— Je n'ai pas besoin d'aller m'emmerder dans une salle obscure pour la voir.

— C'est son travail d'actrice que vous étiez censé venir regarder. Quand nous étions à votre vernissage, vous trouviez normal que nous nous intéressions à votre œuvre. Eh bien, moi, j'aurais trouvé normal que vous vous intéressiez à son interprétation.

— Elle m'avait dit elle-même que le film serait à chier !

— Cela n'empêche pas qu'elle s'y est investie corps et âme.

— Où vas-tu chercher des conneries pareilles, mon vieux ?

— Je ne suis pas votre vieux et nous n'avons pas gardé les cochons ensemble, que je sache.

— Parlant de cochons, tu as vraiment un caractère de porc, tu sais, me dit le bellâtre.

— Il n'est de pire porc que celui qui s'ignore, rétorquai-je.

— Merde alors, qu'est-ce que je t'ai fait ?

— A moi, rien.

— Tu te rends compte que tu es en train de m'engueuler pour le plus mauvais film du monde ? Tu trouves que ça en vaut la peine ?

— Ce n'est pas le plus mauvais film du monde.

— Chacun ses goûts, non ? Tu as le droit d'aimer, j'ai le droit de ne pas aimer.

— Vous n'aviez pas le droit de ne pas regarder le film.

— Bon, Ethel, on s'en va. Ton copain nous fait sa crise.

Il l'entraîna par le bras. La madone tourna vers moi des yeux de détresse. Avant qu'ils aient atteint la porte, j'eus le temps de crier :

— Je ne suis pas le copain d'Ethel !

Le couple disparut dans l'obscurité.

Je rentrai chez moi, ivre de rage. J'en voulais

au monde entier : à ma bien-aimée, d'être amoureuse de cet imbécile satisfait ; à Xavier, d'être aussi indigne de ma bien-aimée ; au cinéaste, d'être aussi nul ; au public, de ne même pas avoir le courage de ne pas aimer ; et à moi, surtout à moi, de m'être tant enflammé au nom d'un navet, quand il y avait des raisons tellement meilleures pour tancer le bélître.

Je passai la nuit à pleurer de colère.

Le lendemain était le 8 janvier, veille de mon départ pour Kanazawa.

Le téléphone sonna. Je savais qui c'était. Elle avait une petite voix.

— Je n'ai pas l'intention de m'excuser, lui dis-je avec humeur.

— Je ne te le demande pas. Tu avais raison. Je le méprise. Je veux rompre.

L'espace d'un instant, je me sentis bouillir de joie. Ce fut de courte durée car elle continua :

— Si seulement je n'étais pas amoureuse de lui !

— Tu viens de dire que tu le méprises, que tu veux rompre !

149

– Ça n'empêche pas que je l'aime.

– Ça te passera.

– Ça mettra du temps à passer. Je me connais, je vais souffrir, souffrir.

Mon cœur en fut lacéré. Elle poursuivit :

– Encore faudra-t-il que j'ai le courage de le quitter.

– Tu l'auras !

– Je l'aurai si tu m'aides, Epiphane. Je vais avoir besoin de toi.

– Mais... je pars demain pour le Japon.

– Comment ? J'avais oublié. Oh non, ce n'est pas vrai ! Sans toi, ce sera mille fois pire.

Elle commença à pleurer. J'étais aussi flatté que bouleversé :

– J'annule le voyage !

– Non. Tu te faisais une telle fête d'aller au Japon. Je te défends d'annuler.

– Tu es plus importante que le Soleil levant. Je reste.

– Pas question. Quand rentres-tu ?

– Le 12.

– Trois jours sans toi, je pourrai le supporter. Je m'en voudrais à mort si tu n'y allais pas à cause de moi. Je t'ordonne d'y aller.

– Il y a trois jours, c'était l'Epiphanie : ma fête et mon anniversaire. Comme tu ne m'as souhaité ni l'un ni l'autre, je demande, à titre de faveur rétroactive, de me soustraire à ton commandement. Je sens que si je te laisse seule, tu vas commettre une bêtise.

– Quelle bêtise veux-tu que je commette ? Je suis la personne la moins suicidaire de la terre.

– Ce n'est pas à ça que je pensais. Non, j'ai peur que tu ne rompes pas, vois-tu. Toi-même, tu crains de ne pas en avoir la force.

– J'attendrai ton retour pour le faire.

– Non ! Si tu laisses passer quatre jours, tu ne rompras jamais.

– Je romprai. Je ne peux plus le supporter.

– Sait-il que tu vas le quitter ?

– S'il se souciait de moi, il le saurait. Il se fiche de ce que je peux penser.

– J'espère que tu ne vas pas oublier tes lumineuses paroles d'aujourd'hui.

– Aucun risque. Dis-moi, c'est fou ce que cette rupture te tient à cœur. Pourtant, il n'y a pas si longtemps, tu défendais Xavier contre les moindres de mes critiques.

– Hier soir, je crois avoir découvert son vrai visage.

– Moi aussi. Je n'aurais jamais dû l'inviter à cette première.

– Au contraire ! Tu aurais préféré continuer à te bercer d'illusions ?

– Oui.

Elle pleurait toujours. Ses larmes étaient très silencieuses : il fallait être un homme-oreille pour les entendre au bout du fil. Ainsi sanglote la neige quand elle fond.

– Viens avec moi à Kanazawa.

– Non.

– C'est très beau, là-bas.

– Je n'en doute pas. Je ne pourrais pas partir. Si je prenais cet avion avec toi, ce serait un mensonge : tout mon être resterait ici.

– Ne sais-tu pas qu'en amour, la meilleure défense c'est la fuite ?

– Je n'en suis pas encore au stade où je dois me défendre.

– Tu as dit « encore » : ça signifie que tu y seras bientôt. Comment pourrais-je partir et te laisser seule si je te sais menacée ?

– Menacée de souffrir, point final. Ce ne

sera pas la première fois que j'aurai mal. Je ne risque rien d'autre.

— J'aimerais pouvoir t'éviter ça.

— Epiphane, tu es mon frère, mais même si tu restes, je souffrirai. Alors pars.

— J'y mets une condition formelle.

— Accordée.

— Aujourd'hui, tu t'achètes un fax.

— Pardon ?

— Nous y allons ensemble, si tu veux. Je t'aiderai à l'installer.

— Pourquoi veux-tu que j'aie un fax ?

— Pour pouvoir communiquer avec toi n'importe quand. Le téléphone, surtout à longue distance, empoisonne les confidences. On y va ?

Il faut vivre avec son temps. Au Moyen Âge je ne serais pas parti au loin sans enfermer ma bien-aimée dans sa tour ou dans une ceinture de chasteté, au XIXe siècle je lui aurais acheté une camisole de force. A présent, au nom de la sotte liberté individuelle, on ne peut plus recourir à ces procédés sages et sûrs. Si l'on veut contrôler les gens à distance, on doit les bombarder de télécommunications.

Nous achetâmes un fax de marque nippone, bien entendu. Je l'installai chez elle.

— Peux-tu me garantir que Xavier ne réceptionnera pas mes messages ?

— Pas de danger. Il n'a jamais accepté de passer une nuit ou un moment chez moi. Il m'a toujours dit qu'il trouvait mon appartement affreux.

— On reconnaît là sa délicatesse proverbiale.

Ça ne la fit pas rire.

Le moment des adieux fut solennel à souhait. Je la serrai dans mes bras :

— On croirait que tu pars à la guerre, me dit-elle.

— C'est toi qui pars à la guerre.

Le 9 janvier, je compris ce que signifiait l'expression « partir la mort dans l'âme ». Moi qui avais tant attendu ce départ, au point de chercher à l'anticiper, j'aurais tout donné pour rester.

Ce n'était pas la première fois que je m'envolais au loin. Pourtant, on eût dit que c'était la première fois de ma vie que je partais. Je n'avais jamais éprouvé cette sensation auparavant : on m'arrachait les tripes, je crevais de peur sans savoir pourquoi. Paul Bowles écrit que le vrai voyageur est celui qui n'est pas sûr de revenir : sans doute était-ce mon premier véritable voyage.

C'était absurde : je savais que je reviendrais le 12, j'avais en main mon billet de retour, et cependant je ne parvenais pas à y croire. Je ressentais l'étrange et indéracinable conviction que j'allais mourir. Pas « mourir un peu », comme dit le proverbe ; mourir pour de bon. Je n'avais aucune idée précise de ce que serait ce décès : crash en plein ciel, grippe asiatique, assassinat par un yakusa, tremblement de terre du siècle ou détournement. La conscience du ridicule de mon angoisse n'y changeait rien.

Un ruban invisible me retenait à ce continent, comme celui des départs d'autrefois sur les grands paquebots, reliant les émigrants à leur famille éplorée et qui se dévidait jusqu'à ce qu'il se rompît, coupé par la sadique Parque des séparations, et qu'il retombât sur la mer pour y flotter, atroce détritus du cœur.

Je quittais Ethel au moment où elle avait de moi le plus grand besoin : c'était abject. Si la dame de mes pensées ne me l'avait pas ordonné, jamais je n'y aurais consenti. Autant demander au jardinier amoureux de sa rose de quitter le pays en période de sécheresse.

Il me semblait aussi que c'était le seul moment où j'aurais eu une chance de lui parler de ma passion : pour l'instant, elle était vulnérable au dernier degré, elle en était peut-être au point où elle ne verrait plus ma laideur. Une telle occasion ne se représenterait sans doute pas. La rose qui meurt de soif a besoin du jardinier, mais le jardinier a encore plus besoin de la rose qui meurt de soif : sans la soif de sa fleur, il n'existe pas.

Quand je rentrerais de Kanazawa, la soif de la fleur se serait sûrement tarie. Ethel était une jeune femme en bonne santé : ses plaies auraient cicatrisé, elle pourrait se débrouiller sans moi. A cette idée révoltante, un projet honteux surgit dans un coin de mon esprit : j'allais entretenir sa maladie à distance afin d'en récolter le fruit à mon retour.

Cette ignominie s'avérait indispensable, car la merveilleuse idiote était encore capable de ne pas se rappeler son désir de rupture et de s'enliser dans sa liaison avec ce bélître de bellâtre. J'avais été bien inspiré de lui installer ce fax : je n'allais pas la laisser oublier ses excellentes résolutions.

L'avion décolla, le ruban cassa. Collé à mon hublot, je regardai ce que je quittais. Tout était Ethel : les hangars de l'aéroport, les routes, la terre moche de janvier, les usines, tout était Ethel.

Au-delà des nuages, on ne voyait plus l'Europe. Libéré du sol, je pus commencer à rédiger les fax que j'enverrais à ma bien-aimée dès mon arrivée.

Avion, le 9/1/97.

Chère Ethel,

On vient à peine de décoller et je suis déjà en train de t'écrire : je t'avais prévenue, je ne te lâcherai pas d'une semelle. Peut-être serai-je encore plus avec toi pendant ces quelques jours que je ne l'étais hier et avant-hier.

Dans ce Boeing, il y a un écran qui, chaque quart d'heure, nous précise où nous sommes : on voit une carte de géographie et notre appareil qui se balade dessus comme un jouet. En ce moment, nous survolons l'Allemagne ; ensuite ce sera la Pologne, la Russie, la Sibérie, la mer du Japon et enfin Tokyo.

C'est la première fois qu'un voyage me fait tant d'effet : cette liste de lieux que je viens de t'égrener me bouleverse comme autant de mythes. Je ne serais pas plus ému si je m'apprêtais à les traverser en traîneau tiré par une meute de chiens. D'habitude, les trajets en avion sont pour moi d'ennuyeuses et abstraites formalités : aujourd'hui, je ressens corps et âme la réalité de ce vol et ça me tourne la tête.

Ce doit être l'idée de ta souffrance qui m'a plongé dans cet état d'hyperesthésie. Par solidarité avec le tien, mon esprit a perdu ses défenses immunitaires. Tu m'as dit que j'étais ton frère : tu ne sais pas à quel point c'est vrai. Je suis sans cesse relié à toi. J'aurais voulu ne pas partir et rester auprès de toi ; tu en as décidé autrement. Aussi ai-je résolu de lancer mes mots à ta poursuite.

De mon côté, c'est d'une efficacité redoutable : il suffit que je t'écrive pour sentir ta présence. Mon stylo te convoque et aussitôt tu es là. Je me demande comment les prestidigita-teurs peuvent épater les gogos : qu'est-ce que leurs tours de passe-passe comparés à l'irréfu-table magie de l'écriture ?

Et de ton côté, est-ce que ça fonctionne ? Perçois-tu que tu es avec moi ? Si ce n'est pas encore le cas, ce le sera dans une douzaine d'heures, à supposer que l'appareil ne s'écrase pas.

L'hôtesse a distribué des plateaux-repas : au menu, pour ne pas t'étonner, il y avait du carton à la sauce au carton. Je n'y ai pas touché. Autour de moi, les gens avalent ça avec glou-tonnerie. Ils ont l'air de trouver ça infect et pour cause : ce l'est. Alors pourquoi mangent-ils ce fourrage ? Je ne comprends rien à cette espèce et je pense que toi et moi nous n'en faisons pas partie.

Nous sommes de la race de ceux qui veulent le meilleur et refusent le reste : nous avons sans doute peu de chances d'obtenir ce que nous désirons mais cela ne change rien à notre désir. Nous aspirons au sublime et tant pis pour ceux qui nous trouvent débiles.

Toi, tu aspires au sublime à travers ton

amour et Xavier trouve ça tarte : vois-tu le fossé qui te sépare de lui ? Il est fier d'avoir les pieds dans la glaise : il est de la race de ceux qui bouffent leur plateau-repas pour cette raison que c'est mangeable, que c'est du solide, qu'ils y ont droit et qu'il faudrait être con pour ne pas prendre ce à quoi on a droit.

Vois-tu où je veux en venir ? C'est pour ça que Xavier t'a prise : parce que tu étais comestible, parce que tu t'offrais, parce que cela lui suffisait à se croire digne de toi, parce qu'il faudrait être con pour ne pas prendre ce qui s'offre. Je ne te compare pas un instant à cette nourriture fade : c'est lui que j'associe à ces bouffeurs répugnants. Je devine que je te vexe. Ce n'était pas le but ; pour parler comme la brute que je ne suis pas, je te fais du mal, mais c'est pour ton bien.

Je m'angoisse à l'idée que tu changes d'avis. Tu es douce et encline à la compassion : il suffirait que Xavier ait pour toi un regard plaintif et tu lui pardonnerais. Je me rends compte que je ne sais même pas jusqu'où il est allé, le soir de la première ; j'ignore quelles vacheries il a pu te dire après que vous m'avez largué.

Peut-être n'a-t-il rien dit de pire par la suite, ce qui ne change rien à la situation.

Pourtant, il a dû arriver pire. J'en veux pour preuve que toi, si peu avare de confidences ces derniers temps, tu ne m'aies rien raconté. Tu dois penser : « C'est ça, son fax de réconfort ? C'est du sadisme ! » Ethel, je préférerais cent fois te dire des choses gentilles. Hélas, je sens que tu as surtout besoin d'être secouée. Le comble serait que tu souffres pour n'aboutir à rien. Si tu ne romps pas, alors ta douleur aura été stérile. En ce moment, tu es l'héroïnomane qui a décidé d'arrêter de se piquer. Les premiers jours sont atroces, tu souffres comme une damnée. Si tu tiens bon, tu en sortiras, sinon libérée, au moins fortifiée contre la drogue. Si tu craques, tu auras vécu l'enfer pour rien.

Ma métaphore n'est pas gratuite : ce type est un stupéfiant. La première fois, il t'a procuré un plaisir fulgurant, qui n'a pas cessé de s'amenuiser depuis, jusqu'à disparaître. Tu crois l'aimer quand tu éprouves pour lui de la dépendance. C'est un sentiment misérable, à l'image de celui qui te l'inspire. Oui, je sais, je t'avais dit du bien de lui ces derniers jours : je me trompais. Tu es bien placée pour savoir combien il est séducteur. Je me suis moi-même laissé prendre à son jeu, d'autant qu'avec moi il s'était lancé dans une véritable opération charme. J'étais flatté.

A la première, il nous a montré son vrai visage. As-tu remarqué combien sa qualité la plus incontestable s'était estompée ? Il n'était même plus beau, seulement commun et vulgaire. Une gueule de petit-bourgeois mécontent parce qu'il n'avait pas aimé le programme de la télévision.

Je me suis interrompu un long moment pour regarder par le hublot : il n'y avait rien à voir et c'était ça qui était intéressant. Rien d'étonnant à cela, nous survolons la Pologne. Alfred Jarry écrit cette didascalie pour *Ubu* : « L'histoire se passe en Pologne, c'est-à-dire nulle part. » Comme j'aimerais vivre en Pologne !

On diffuse un film américain dans l'avion. Je ne sais pas ce que c'est (je ne veux pas le savoir), je vois seulement que l'actrice principale, aussi fade qu'un plat de nouilles, porte une robe en kleenex. Je ne mens pas : ce tissu a le tombé et la couleur rosâtre du kleenex. On a envie de se moucher dedans. Je m'y connais, depuis que je suis dans la mode. Ça n'a pourtant pas l'air d'être un film comique. Il semblerait que ce soit une histoire d'amour. Même sans les écouteurs, c'est à dégueuler.

Eh bien, autour de moi, les gens ont mis leurs écouteurs et ils sont plongés dans ce chef-d'œuvre cinématographique. Ils n'ont pas l'air enthousiaste, et pour cause. Il n'empêche qu'ils regardent. C'est le coup du plateau-repas, version spectacle. Je suis sûr que Xavier ferait comme eux. *Le tropisme évanescent* n'était pas assez bien pour lui, mais le plat de nouilles vêtu de kleenex, il s'en repaîtrait.

Je vais te laisser un peu de répit. J'ai emporté avec moi *Critique de la raison pure*, tu comprendras que je brûle de le relire.

Bien à toi,

Epiphane.

Je n'avais pas pris *Critique de la raison pure*. J'avais besoin de me relire et de réfléchir. Le néant, par ma fenêtre, m'y invitait. Je me sentais le contraire de ce paysage : dense comme un œuf. Exquise plénitude de ce déchirement amoureux, que je prenais pour de la souffrance, quand j'aurais dû jouir de la tension qui m'animait.

En vérité, je ne fus pas capable de la moindre réflexion : il faut un minimum de vide en soi pour parvenir à déménager les idées et à trouver leur bon emplacement. J'étais trop plein. J'ignore combien d'heures j'ai englouties dans cet enlisement intérieur.

Ainsi, l'écriture ne servait pas uniquement à me mettre en présence d'Ethel, mais aussi à me mettre en présence de moi-même. Je rédigeai un nouveau fax.

Avion, le 10/1/1997.

Chère Ethel,

J'ai achevé *Critique de la raison pure*. Un bon bouquin, je te le recommande. Ne t'étonne pas de ma calligraphie bizarre, je ne regarde pas ce que j'écris : j'ai les yeux collés au hublot. Nous survolons la Sibérie depuis plus d'une heure et je n'ai toujours rien vu. Comprenons-nous bien : cela n'a rien de commun avec le néant polonais. Ici, ce n'est pas le néant : il y a un monde en dessous de l'avion, mais on jurerait que l'homme n'y est jamais passé. On cherche-rait en vain quoi que ce soit qui ressemble à une route, une maison ou même un sentier. Rien que ces collines boisées et enneigées, à perte de vue.

Pourtant, si j'en crois Soljenitsyne et com-pagnie, il y a eu des êtres humains dans le coin. Les goulags étaient-ils souterrains ? Ou alors c'est la neige qui cache la trace de l'homme. Non, c'est impossible : j'ai survolé la Pologne et la Russie, tout aussi enneigées, et les chemins et les habitations ne s'en distinguaient que mieux. D'autant que nous sommes le 10 jan-vier : le blanc manteau n'est pas tombé d'hier. Or, ici, il a bel et bien l'air vierge. C'est étour-dissant.

Je regarde la localisation de l'appareil sur l'écran : nous venons à peine d'entamer cette énorme Sibérie, nous en avons encore pour cinq heures, au moins, à la survoler. Dès que j'aperçois un signe de civilisation, je recom-mence à t'écrire.

Une heure plus tard : toujours rien. Il me semble que j'aurais dû au moins voir des rails : où est-il, ce fameux Transsibérien ? Au fond, je suis enchanté de cette situation ; les littérateurs ont traité le jeune Cendrars de blagueur : *La Prose du Transsibérien* serait un pur fantasme d'adolescent, puisque cette fugue vers l'est n'aurait jamais eu lieu. Et moi de leur rétorquer : évidemment, bananes à lunettes, que Cendrars n'a pas emprunté le Transsibérien ! Et pour cause : ce train n'existe pas. Plutôt que de traiter le poète de menteur, n'y a-t-il pas lieu de l'admirer, pour avoir écrit l'un des plus beaux textes du monde, consacré à une ligne de chemin de fer inexistante ?

A force de regarder par la fenêtre, je finis par me prendre pour Cendrars, fuyant l'Europe avec une fille en tête, lui avec une putain syphilitique qu'il appelle la petite Jehanne de France, moi avec toi. Au début du poème, on a l'impression qu'elle l'accompagne pour de vrai. Peu à peu, on comprend qu'elle est une idée. Toi aussi, qui n'as rien d'une putain syphilitique, tu m'accompagnes par la pensée – et cette évocation est si forte que, parfois, tu es là pour de bon.

Une heure plus tard : toujours rien. Combien de milliers de kilomètres ai-je survolés sans voir même un vestige humain ? Moi qui ai l'angoisse de la surpopulation planétaire, je ne puis que me réjouir d'un tel spectacle. Le paysage est d'une monotonie admirable ; ces collines perpétuellement dépeuplées sont la vision la plus réconfortante qui soit. Il y a de quoi retrouver sa foi en l'Apocalypse : comme la Terre se passe bien de nous ! Comme elle sera noble et calme quand nous aurons disparu !

Une heure plus tard : toujours rien. Je vais gagner mon pari. Si mes souvenirs scolaires sont exacts, le fleuve Amour devrait être dans le secteur. Tout ceci est plein de sens : l'Amour n'a pas choisi pour lit une région surpeuplée comme le Bangladesh ou la Belgique ; il a élu le territoire le moins fréquenté. L'Amour n'a pas choisi pour lit une zone chaude ou tempérée ; il se complaît où les glaces ont rendu la vie sinon impossible, au moins dure et pénible. Parmi les pays froids, il a opté pour le moins hospitalier, de sorte que sa neige reste vierge. Quand on dit « Sibérie », personne n'a envie de sourire : c'est un mot qui charrie la prison et la mort. Les gens normaux n'ont pas envie d'explorer la Sibérie : il faut être fou pour vouloir aller voir où coule le fleuve Amour.

Et puis, n'est-il pas significatif que l'Amour soit un fleuve, et non une montagne, un marécage, une plaine ou un plateau ? Le fleuve n'est-il pas, par excellence, ce qui coule, ce qui ne cesse de fluctuer ? L'amour n'est-il pas le sentiment le plus héraclitéen qui soit ? On ne se baigne jamais deux fois dans le même amour.

Le fleuve, c'est ce qui relie la terre à la mer, le stable à l'instable, le connu à l'inconnu. Le fleuve, c'est ce qui draine les moindres ruisseaux des environs, comme l'amour relie entre elles les inclinations de débit inférieur pour former un flot torrentiel. Le fleuve, c'est ce qui tour à tour est calme et navigable puis précipité jusqu'à la cascade ou, mieux, la chute.

L'analogie la plus frappante, c'est que le fleuve est intarissable. En période de sécheresse, il s'amenuise et donne parfois l'impression qu'il a disparu : pourtant, il est toujours là. Je comprends que les anciens aient déifié les fleuves : quand j'étais petit, je restais pantois devant leur faculté de se ressourcer à l'infini. Je me demandais d'où venait toute cette eau et où elle avait l'intention de se rendre : la mer n'allait-elle pas finir par déborder ? J'ai été très déçu lorsque j'ai appris la condensation, la nappe phréatique et autres explications de ce mystère. Il y a aussi des gens qui vous expliquent l'amour à coups d'hormones et d'instinct de reproduction.

Je devrais arrêter de te parler d'amour : dans ton état, ce n'est peut-être pas ce qu'il te faut. D'ailleurs, si ça se trouve, la Sibérie, tu n'en as rien à foutre.

Une heure plus tard : Thalassa ! Thalassa ! J'aperçois la mer du Japon. Mais ce qui me paraît cent fois plus extraordinaire, c'est que j'ai vu une route : une bête route droite conduisant à un genre de hangar près de la côte. C'est la première trace d'être humain que je vois depuis des milliers et des milliers de

169

kilomètres. Tu n'as pas idée de l'effet que ça fait.

Quarante minutes plus tard : terre ! Voici l'Empire du Soleil levant. Si c'est la première fois de ma vie que j'ai l'impression de voyager, c'est sans doute à cause du prestige de cette destination : dans mon imaginaire, il n'y a pas plus lointain, plus « hors du monde », comme dirait Baudelaire, que le Japon. C'est irrationnel, je sais. Je dois être la victime d'innombrables lieux communs, pour avoir de ce pays une telle mythologie. Je n'ai d'ailleurs aucun désir de les reconsidérer : j'ai au contraire l'intention de les confirmer par mon observation, quitte à la fausser. Aujourd'hui, tout le monde veut détruire les mythes : je trouve ça vulgaire et bête. Il est tellement plus facile de détruire une légende que d'en construire une – et quand on l'a détruite, je me demande bien ce qu'on y a gagné. En revanche, je sais ce qu'on y perd. C'est toujours mon côté Eugénie Grandet.

Comme pour me donner raison, voici que le mont Fuji surgit à ma fenêtre. Quelle vision ! Il surplombe les nuages, il est blanc et parfait :

il correspond trait pour trait à l'idée que je me faisais de lui. Vive les lieux communs !

Avion Tokyo-Kanazawa,
le même jour.

Je suis allé de l'aéroport international de Narita à l'aéroport national de Haneda, où j'ai fait un esclandre pour t'envoyer mes fax. Ça n'a pas marché. Je m'étais fait passer pour un chef d'Etat mais ils m'ont reconnu : je ne savais pas que ma tronche était si célèbre. Voulant m'appeler Quasimodo, ils me nommaient « Kajimoto ». Nous avions des problèmes de communication : je ne comprenais pas leur anglais et je ne sais pas s'ils comprenaient le mien. De nos échanges, il ressortait que seul le personnel de l'aéroport avait accès aux fax.

A part ça, le Japon que j'ai vu entre les deux aéroports ne correspondait pas à mon imagerie naïve : je décide donc que je n'ai rien vu. En compensation, depuis que l'avion a décollé, j'aperçois à nouveau des choses qui me conviennent : montagnes enneigées et désertes,

171

nuages harmonieux, et toujours ce mont Fuji qui est décidément une belle invention, car on l'aperçoit de partout dans ce pays. C'est peut-être un hologramme.

Kanazawa est la ville nippone la plus enneigée : un courant la relie à Vladivostok dont elle subit les vents et le climat. Comme quoi ce voyage me ramène sans cesse à la Sibérie. Pas de chance, ma belle, on en revient au fleuve Amour : ça fait très « carte du Tendre ». On atterrit. A bientôt.

Bien à toi,

Epiphane.

Un taxi me conduisit au luxueux hôtel du jury de l'élection de Miss International. Mon premier souci fut d'envoyer les fax : j'exigeai que l'on me remît les accusés de réception. Il était essentiel que mon bombardement parvînt à destination.

Dès que je fus installé dans ma chambre, je recommençai à écrire : il fallait que mon feu fût nourri.

Hôtel de Kanazawa, le même jour.

Chère Ethel,

Je viens de t'envoyer une nuée de fax. Ne te crois pas quitte de moi pour autant. Les organisateurs nous laissent quartier libre jusqu'à demain : je suppose que les autres jurés en profitent pour dormir ou pour visiter la ville. Moi, j'ai décidé de te harceler.

Tu dois penser que je suis idiot, que je serais mieux avisé d'aller voir Kanazawa. Sache que je visite, à ma manière : pour moi, rester enfermé dans sa chambre d'hôtel en écrivant des pages et des pages à son amie de cœur, ce n'est pas la plus mauvaise façon de connaître une ville. Quoi qu'il en soit, je crois avoir déjà vu l'essentiel de ce lieu pendant le trajet de l'aéroport à ici : la neige. Je n'en avais jamais vu autant : des mètres, des paquets de neige. On ne m'avait pas menti.

Voir tant de neige au bord de la mer n'est déjà pas banal. Mais le plus extraordinaire, ce sont les arbres : de simples pins maritimes, plutôt frêles, qui ne seraient jamais capables de supporter le poids de cette masse blanche. Les

173

Japonais, qui aiment torturer la nature quand elle est en bonne santé, aiment aussi la secourir quand elle va mal : ils munissent chaque arbre d'un gigantesque mât en guise de tuteur, du sommet duquel part un réseau de cordages qui viennent chacun à la rescousse d'une seule branche et l'empêchent de s'effondrer. Ainsi, la charge de neige est supportée par le mât. Le résultat est singulier : les pins gréés de la sorte ressemblent à des voiliers. C'est joli. Il paraît que c'est l'emblème de Kanazawa.

Je commence à me sentir crevé. Je n'ai plus dormi depuis l'Europe. Sais-tu pourquoi je n'ose céder à cette fatigue ? Parce que je me tiens pour responsable de ta conduite. Aussi longtemps que je serai éveillé et que je t'écrirai, tu ne pourras pas commettre de bêtises. Je me prends pour la Shéhérazade du fax.

Ma chambre est formidable. Surtout la salle de bain qui est hermétique comme un poème de Mallarmé. Quand on s'assied sur le cabinet, la lunette tiédit ; quand on tire la chasse, on reçoit un jet d'eau dans le rectum. La baignoire est si vaste que je pourrais y inviter mes amis, si j'en avais. Il y a au moins quarante interrupteurs sous-titrés d'idéogrammes : je voudrais les allumer pour comprendre à quoi ils servent et pourtant je n'ose pas, de peur que ce soit le siège éjectable ou le hara-kiri automatique.

Ça y est, je te raconte des conneries : je suis épuisé. Je vais à la réception t'envoyer ce fax puis je remonte dormir un peu. Sois sage.

Bien à toi,

Epiphane.

Hôtel de Kanazawa, le 11/1/97.

Chère Ethel,

« Dormir un peu » : tu parles ! Ma « petite sieste » a duré jusqu'à minuit. Je me suis réveillé hagard. Que de temps perdu ! Je me suis habillé comme un mur et je suis allé me promener : les folles nuits de Kanazawa, c'est quelque chose. Pas un chat dans les rues, le silence le plus profond. On croirait que tout le monde est mort. Les mètres de neige renforcent cette impression.

J'ai marché jusqu'au bord de la mer : la nuit était si noire que je ne voyais pas l'eau. Au loin,

quelques lumières de bateaux voguant vers Vladivostok : cette idée m'a bouleversé. C'est fou,
le pouvoir évocateur d'un mot : là où j'étais, il
n'y avait rien à voir. Or il suffisait que je
contemple le néant de l'horizon en murmurant
« Sibérie » et je tremblais d'émotion.

Je n'ai pas pu rester longtemps : le froid était
intenable. Je suis rentré en passant par les vieux
quartiers de la ville : il n'y a pas plus beau que
ces toits nippons ensevelis sous la neige,
laquelle amortissait le bruit de mes pas au point
de me convaincre de mon absence. Ne serait-ce
que pour cette promenade nocturne, j'ai eu
raison de venir au Japon.

Je suis si fatigué que je ne tiens plus assis. Il
faudrait me soutenir avec un mât et des cordages, comme le pin local. Ce fax attendra
demain matin pour partir. Je dors.

Bien à toi,

Epiphane.

Chambre d'hôtel, le 11/1/97.

Chère Ethel,

Il est vingt-trois heures. Tu as eu droit à un long répit de mes fax. Quant à moi, j'ai passé la journée la plus irritante de ma vie.

A dix heures du matin, j'ai rencontré les onze autres jurés, chacun de nationalité différente. Pas grand-chose à dire sur eux, à part que je me suis lié d'amitié avec une sympathique ambassadrice européenne. Elle et moi nous demandions comment nous avions été choisis pour ce jury où figuraient aussi un dentiste péruvien, un restaurateur togolais et le nonce du Pape : les organisateurs semblaient avoir d'étranges critères de sélection.

C'est surtout pour le choix des jeunes filles que leurs critères de sélection étaient difficiles à comprendre : il y avait trente-cinq miss, âgées de dix-sept à vingt-trois ans. La plupart étaient franchement hideuses. Je m'attendais à ce que ces demoiselles soient fades et insignifiantes, non à ce qu'elles soient repoussantes. Si au moins elles avaient été d'une laideur intéressante ! Etais-je tombé sur l'élection de miss repoussoir ?

J'aurais cru à une opération de dérision s'il n'y avait eu, parmi le troupeau, quelques jolies créatures. Cinq filles environ méritaient leur titre : elles étaient, sinon belles, au moins très agréables à regarder. Leur présence achevait de brouiller les cartes.

J'avais jeté mon dévolu sur Miss Liban, qui correspondait à l'idée que je me faisais de Shéhérazade. L'ambassadrice européenne partageait mon opinion.

Pendant la journée entière, nous eûmes droit à des discours interminables sur « la Vraie Beauté qui est celle de l'âme » : discours pour le moins comique dans la bouche de ces gens qui sélectionnaient les miss en fonction de leurs mensurations.

Les demoiselles nous furent présentées en groupe puis une à une : on précisait, pour chacune, son plat préféré, son talent particulier et son ambition. Je fus bouleversé d'apprendre que Miss Uruguay adorait les lasagnes, que Miss Ukraine avait un don pour les danses folkloriques et que Miss Papouasie-Nouvelle-Guinée aspirait à (je cite) « réussir dans la vie ».

Le pire était le ton bienveillant de dames patronnesses avec lequel les organisateurs commentaient le pedigree de ces jeunesses. Cela dit, les donzelles semblaient enchantées que l'on parle d'elles avec ces voix de sucre d'orge. En vérité, à part l'ambassadrice et moi, tout le monde paraissait comblé, en particulier le nonce du Pape qui frôlait la pâmoison.

Parmi les jurés, il y avait aussi une dame âgée au faciès grimaçant. Je n'avais pas très bien saisi son identité. J'ai fini par comprendre qu'il s'agissait de Miss International 1960. Je calculai qu'elle avait soixante ans au grand maximum : elle en faisait vingt de plus. On eût cru la fée Carabosse. Chaque fois qu'une candidate était qualifiée de jolie, elle clamait : « J'étais mieux quand j'étais jeune. » C'était aussi drôle que sinistre.

L'une des concurrentes, Miss Brésil, me consternait encore plus que les autres. D'une vulgarité écœurante, non pas gouailleuse et pleine d'esprit à la manière d'une putain de la porte Saint-Martin, non, la vulgarité mièvre d'une girl guide se rendant à son premier bal.

– C'est la plus moche, ai-je murmuré à l'oreille de mon amie ambassadrice.

Elle m'a approuvé sans réserve.

Je ne vais pas te parler pendant trois heures du côté obscène de cette élection : quand on va à un concours de beauté, on sait à quoi l'on s'attend. Je ne vais pas jouer à l'étonné. Mais c'était mille fois plus dégueulasse que ce à quoi je m'étais préparé. S'ils avaient affiché sans hypocrisie leur cynisme, je n'aurais pas été choqué : quand on vend de la viande, autant ne pas cacher qu'on est boucher. Il me semble que j'ai assisté à de la prostitution déguisée en vente de charité.

En fin d'après-midi, nous avons voté. Je n'avais pas changé d'avis quant à la petite Libanaise. A la question : « Quelle est votre ambition dans la vie ? », elle avait répondu : « Gagner un concours de beauté. » J'avais trouvé ça très bien.

Les organisateurs ont procédé au dépouillement puis sont venus annoncer le résultat en grande pompe. Ils avaient un sourire d'une oreille à l'autre. Ils ont commencé par dire qu'ils approuvaient à cent pour cent le choix du jury et là, j'ai commencé à redouter le pire. J'avais raison : c'est la Brésilienne qui l'a emporté.

L'ambassadrice et moi, nous étions révoltés. Nous avons essayé de sonder les jurés : figure-toi qu'ils avaient tous voté pour Miss Brésil. Nous avons demandé pourquoi et on nous a répondu : « Parce que c'est une gentille fille saine et qui a un bon sourire. »

– On aurait dû nous prévenir qu'il s'agissait de l'élection de Miss Baden-Powell, ai-je dit à mon amie.

Après fanfares et applaudissements, Miss International 1960 a été invitée à prononcer un discours. Elle s'en est acquittée avec un plaisir évident. Elle en a profité pour préciser qu'elle avait elle-même voté pour Miss Brésil : après avoir motivé son choix, elle a néanmoins remarqué qu'elle était mieux quand elle était jeune. Ce fut le meilleur moment de la soirée.

S'ensuivit un banquet présidé par Miss International 1997 encore rose de surprise. A sa droite, l'organisateur en chef. A sa gauche, le nonce du Pape. Je préfère ignorer ce qui se passait sous la table. Je suis parti avant la fin, je n'en pouvais plus. J'aimerais savoir en vertu de quelle dérision le pays le plus raffiné de la planète sert de théâtre à l'événement mondain le plus vulgaire de l'année.

Je rentre demain soir. Je vais te faxer ceci à la réception et puis je dors.

Bien à toi,

Epiphane.

Je ne dormis pas : le destin voulut que je passe la nuit la plus grotesque de mon existence.

Je me couchai en pensant à Ethel. Peu à peu, je me rendis compte qu'il régnait dans la chambre une chaleur terrible. Je me levai pour régler la climatisation mais je ne trouvai pas l'interrupteur adéquat. Je téléphonai à la réception pour que l'on vienne m'aider : on m'expliqua avec politesse que les chambres ne disposaient pas de chauffages autonomes et qu'il était donc impossible de baisser la température de la mienne. Je proposai alors que l'on diminue le thermostat pour l'hôtel entier. On me répondit, toujours avec une courtoisie extrême, que malheureusement les autres clients étaient très contents de cette tiédeur.

— Comment peuvent-ils être contents dans cette étuve ?

— La nuit dernière, monsieur, la température était identique et elle vous convenait.

— J'étais épuisé. La fatigue donne froid.

— Monsieur devrait peut-être prendre un somnifère.

— J'ai essayé d'ouvrir une fenêtre mais ça n'a pas marché. Pourriez-vous m'envoyer quelqu'un pour le faire ?

— C'est impossible, monsieur. Les fenêtres sont bloquées. Kanazawa est une ville balayée par les vents de la Sibérie et...

— Je sais, je sais. Enfin, il doit bien y avoir une solution ! Je crève de chaud.

— Nous sommes désolés, monsieur.

Nous frisions l'incident diplomatique : plus je m'énervais, plus le réceptionniste avait une voix consternée. J'eus soudain l'idée que, si je continuais, la tradition allait contraindre ce malheureux à commettre le seppuku devant moi, pour laver l'honneur de son hôtel. J'abandonnai la partie et raccrochai le combiné.

Je me couchai à nouveau en pensant que si cent clients supportaient cette chaleur, j'en serais capable aussi. Dix minutes plus tard, je suffoquais. J'allai prendre une douche glacée, qui eut pour seul effet de porter mon sang à l'ébullition. J'essayai alors la méthode mentale : je me concentrai sur des concepts froids, sorbets, pôle Nord, neiges éternelles, blizzard, les films de Bresson, etc. Efficacité nulle.

Fou de rage, je me jetai sur la fenêtre. Je tirai sur la poignée comme un demeuré. Aucun résultat. Ma fureur augmentait de seconde en seconde. Je finis par jucher mes deux pieds sur le rebord, de manière à multiplier l'énergie de la traction par le poids de mon corps. Je hurlai des mots qui évoquaient le viol conjugal.

La colère avait dû décupler mes forces car la fenêtre s'ouvrit d'un coup, me jetant sur le tapis. J'étais éberlué.

L'haleine de la Sibérie ne mit qu'un instant à contaminer la chambre entière. Mon extase face à ce souffle de pureté décrut plus vite encore. Je courus me réfugier dans le lit : j'y frissonnai sans rémission. Je tentai de refermer la fenêtre : c'était impossible. Le vent qui s'engouffrait m'empêchait même de bouger la vitre.

Je revêtis des pull-overs, mon manteau, mes gants, mon écharpe et des chaussettes de laine. Je m'alitai derechef, cachant ma tête sous les couvertures. Je n'en avais pas moins l'impression d'être au cœur d'un frigidaire.

La salle de bain eût pu être une solution si je n'en avais pas laissé la porte ouverte : il y faisait aussi froid que dans la chambre. Je songeai à remplir la baignoire d'eau bouillante et à y passer la nuit, mais je risquais de me noyer si je m'y endormais : on m'avait raconté plusieurs accidents de ce genre. Or je ne pouvais pas mourir sans avoir revu ma bien-aimée.

J'essayai à nouveau la méthode psychologique en pensant à l'équateur, au métro à l'heure de pointe, au coin du feu, à l'éruption du Vésuve et à des films pornographiques. Cela ne donna rien, si ce n'est que je rêvai au plaisir solitaire : peut-être aurais-je pu me réchauffer en faisant de ma main une femme. Hélas, j'avais observé que ce genre de pratique avait

un effet identique à celui d'un verre de vodka :
très chaud pendant dix minutes et ensuite
encore plus froid.

S'y ajoutait un phénomène sottement
romantique : depuis que j'étais amoureux, cette
sorte de jouissance autonome me déprimait.

Jamais je n'aurais osé téléphoner à la réception et demander une autre chambre : cela
m'eût contraint à avouer mon viol de la fenêtre, dont je n'étais pas fier. Il n'y a pas que les
Asiatiques qui ont peur de perdre la face. Je
comptais quitter l'hôtel le lendemain sans un
mot d'explication et laisser le personnel constater les dégâts.

Non, il n'y avait aucune solution. J'étais
condamné à me transformer en bloc de glace.
La souffrance ne tarda pas à devenir intenable.
De guerre lasse, je renonçai à dormir : je revêtis
un habillement normal et descendis au bar du
rez-de-chaussée.

Quand je passai devant le réceptionniste, il
me regarda d'un air confus :

– Monsieur ne peut pas dormir ? Monsieur
a toujours trop chaud ?

– Ce n'est pas grave, je n'ai pas sommeil, répondis-je pour qu'il ne se suicide pas.

En vérité, j'étais mort de fatigue. Je commandai au barman un espresso pour me réveiller. Comme je ne me sentais pas plus vaillant, j'en demandai un deuxième, puis un troisième et ainsi de suite. Au huitième, je commençai à sortir de ma torpeur. Cinq minutes plus tard, je délirais.

Saoulé à la caféine, mon cerveau me tenait des discours en comparaison desquels *L'Hymne à la joie* évoquait une marche funèbre. J'étais l'homme le plus heureux de la terre : « Le Monde m'appartient. Ma laideur le domine pour l'éternité et mon amour est à la hauteur de l'effroi qu'elle suscite. Ethel ! Je t'aime ! Ça me fait jouir de t'aimer ! La beauté, c'est fragile, ça ne dure pas. Ma hideur, elle, est solide et fiable. Pauvre Ethel, je dois te protéger ! Je vais te dire que je t'aime : tu vas en pleurer de bonheur ! »

Je remontai en quatrième vitesse dans ma chambre polaire pour y chercher de quoi écrire. Je redescendis au bar et rédigeai un fax à la démesure de mon ivresse. La victoire était au bout de mon stylo.

Kanazawa, le 12/1/97.

Ethel,

Je pensais ne plus t'écrire avant nos retrouvailles de ce soir. Je me trompais.

Mon état mental, en cette seconde, pourrait être qualifié de bizarre ; il me semble pourtant que, pour la première fois de ma vie, je suis normal. Il est trois heures du matin, je n'ai pas dormi un instant malgré ma fatigue.

Ethel, te rappelles-tu ce jour de fin décembre où tu étais venue chez moi, désespérée, et où je t'avais parlé de la passion que Xavier avait pour toi ? Je t'avais prise dans mes bras et je te disais des phrases consolatrices : « Il t'aime, il ne vit que pour toi, etc. » Tu n'as pas pu oublier ça, et moi encore moins : c'est la seule fois où je t'ai dit la vérité.

Puisque tu as enfin cessé d'être aveugle au sujet de ce type qui ne te mérite pas, ne peux-tu pas pousser la clairvoyance jusqu'à discerner qui était – qui est – ce « il » qui te déclarait sa flamme ?

N'as-tu pas toutes les cartes en main ? Que

penses-tu d'un homme qui ne peut pas te quitter trois jours sans te bombarder de fax ? Si je n'avais pas été si laid, tu aurais compris depuis longtemps, et moi je n'aurais pas tant tardé à te le dire. Mais j'étais atteint du syndrome de Cyrano de Bergerac – même si ce dernier, comparé à moi, était beau comme un astre.

Vois-tu, cette nuit, j'ai compris une grande chose : ma sale gueule est un don du ciel. Personne n'a été aussi favorisé que moi. Si je n'avais pas été si hideux, je n'aurais pas éprouvé pour toi un amour si magnifique. Le mot est lâché : je t'ai aimée, dès le premier instant, au dernier degré.

Tu es la plus belle et moi le plus horrible au monde : c'est la preuve que nous sommes destinés l'un à l'autre. Personne autant que moi n'a besoin de la rédemption de ta beauté, personne autant que toi n'a besoin de l'ignominie de ma laideur. Sans toi je suis une ordure torturée par sa propre fange, sans moi tu es un ange victime de sa pureté même.

Tu es la grâce et, en tant que telle, tu es à la merci du premier venu. Je suis la disgrâce et, à ce titre, personne n'est disposé à me désaltérer. Cela tombe bien : je n'ai jamais eu soif que de toi.

La Terre n'est peuplée que de Xavier, plus ou moins agréables à regarder mais qui ont ce point commun d'être païens : ils ne croient pas en toi, ô unique religion révélée. Moi j'ai foi en toi et je puise en ton culte une force inconnue des mortels.

Tu n'as pas idée, mon amour, de la puissance qui me vient de toi ! Marx n'était pas marxiste, Jésus n'était pas chrétien et Ethel n'est pas éthélique : c'est dans l'ordre des choses. Moi, je suis éthélique, juste fusion d'éthylique et d'éthéré : il n'y a là aucun jeu de mots, rien que de la dévotion.

La dévotion n'a pas de rapport avec le dévouement : je ne te suis pas dévoué, je suis dévot de toi. A son insu, ta divinité a jeté son dévolu sur moi et tu m'es vouée comme la Vierge est vouée au bleu, comme Dieu appartient à celui qui croit en Lui.

Enfin trêve de théologie, je t'aime au point de n'être plus que toi. Tu disais que j'étais ton frère : tu n'avais pas tort, car ta beauté et ma laideur sont consanguines, car ta grâce est sœur de ma disgrâce.

Nous sommes jumeaux, mon amour. Nous nous ressemblons comme le bien ressemble au mal, comme l'ange ressemble à la bête. Si mon corps s'unissait au tien, nous ne pourrions plus jamais nous dessouder. Et c'est ce que je veux.

Je vais t'envoyer ce fax aussitôt. Tu remarqueras que je ne l'ai plus commencé par « Chère Ethel » : tu sais, désormais, que tu es tellement plus.

Tu remarqueras aussi que je ne conclurai plus par « Bien à toi », car mon amour pour toi ne s'embarrasse d'aucun adverbe.

A toi,

Epiphane.

J'ordonnai que ce fax fût envoyé sur-le-champ. Le réceptionniste me regardait comme si j'étais un forcené : il avait raison. Il était six heures du matin au Japon et donc quatorze heures chez Ethel : dans quelques secondes, elle allait savoir. A cette idée, la tête me tournait. Je rutilais d'un orgueil incompréhensible.

Je remontai dans la chambre préparer mes bagages. J'eus un choc en ouvrant la porte : la neige avait envahi l'intérieur de la pièce et en tapissait les murs et les meubles d'une couche givrée, comme dans le film *Docteur Jivago*. Il me sembla que c'était le comble du romantisme. Dans la salle de bain m'attendait une surprise plus singulière encore : l'eau des chiottes avait gelé. Il fallait casser la glace pour faire ses besoins.

Je bouclai ma valise réfrigérée et redescendis. Le réceptionniste me tendit les petits papiers qui me confirmaient que mon ultime fax était bien arrivé. Soudain, je me sentis beaucoup moins fier.

Un taxi me conduisit à l'aéroport de Kanazawa. Le soleil se leva et ce lieu commun me rappela que j'étais au Japon et que je n'en avais pour ainsi dire rien vu. Et en même temps je pensais que c'était le contraire : jamais pays n'avait exercé sur moi une influence aussi déterminante. C'était ici que, pour la première fois de ma vie, je m'étais cru autorisé à clamer mon secret. Je commençais à me demander si cette initiative avait été si admirable : ma déclaration d'amour n'avait-elle pas été tout simplement kamikaze ? Et passé le triomphe de ce qui m'avait semblé du courage, me restait-il autre chose que la consternation d'avoir trahi le plus précieux de mes silences ?

Mon cerveau dessaoulait. Les effets de la caféine s'inversaient : je ressentais un torpide mélange d'angoisse et de fatigue. Quand l'avion décolla, mon estomac descendit de plusieurs étages. Je n'eus même pas la force de regarder par le hublot.

A Tokyo, il fallut changer d'aéroport, ce qui prit un temps fou. Ces formalités achevèrent de me démolir le moral. Je montai dans le Boeing en souhaitant qu'il explose et qu'il n'y ait pas de survivant.

Le vol de retour fut une torture interminable. La rotation de la Terre ne travaillait pas pour nous cette fois-ci, de sorte que le voyage dura deux heures de plus. C'était bien ma veine. Mon état d'esprit était aussi bas qu'il avait été élevé en sens inverse. Plus nous nous rapprochions de l'Europe, plus j'étais horrifié de mon aveu.

Nous devions survoler l'Oural quand je

commis la sottise de relire le fameux fax : mon but était de me convaincre que mes déclarations n'avaient pas été si graves. Hélas, à la relecture je dus admettre l'évidence : mon texte était encore pire que dans mon souvenir. C'était épouvantable.

Si seulement j'avais été capable de dormir. La nuit blanche m'avait épuisé, mais chaque fois que le sommeil allait s'emparer de moi, la conviction d'avoir perdu Ethel pour toujours me rattrapait.

De guerre lasse, je finis par demander à l'hôtesse deux aspirines : l'acide acétylsalicylique a sur moi un effet hypnotique. Je m'endormis. Une heure avant l'arrivée, je fus réveillé par des bruits caverneux ; c'était ma voisine qui rotait. Cette aimable dame m'expliqua sans la moindre gêne que son plus grand plaisir était de boire de l'eau gazeuse en avion : la pression, différente de celle du plancher des vaches, y déclenchait des renvois ahurissants.

Consterné, je compris que j'étais le genre d'homme à qui les femmes rotent à la gueule. Ma bien-aimée avait dû se tordre de rire à la lecture de mon fax.

La malchance voulut que le Boeing ne s'écrasât pas.

De retour chez moi, il fallut remettre ma montre à l'heure, dans tous les sens du terme. Nous étions le dimanche 12 janvier, dix-neuf heures, j'étais le type le plus moche de la Terre et il allait falloir assumer les conséquences de mes écrits.

Je composai le numéro de téléphone d'Ethel comme on presse sur la détente d'un revolver posé sur sa propre tempe.

— C'est moi.

— Bonsoir, me répondit une voix atone.

— Tu as reçu mon fax de ce matin ? demandai-je stupidement.

— Oui.

Silence.

— Je n'ai pas envie de t'en parler, Epiphane.

— Pas au téléphone, en tout cas. Je viens chez toi ?

— Je n'ai pas envie de te voir.

— Ce n'est pas possible ! Nous devons en parler.

— Je ne suis pas de cet avis.

— Alors quoi ? Je suis censé te parler comme si je ne t'avais jamais écrit ce fax ?

— Je ne sais pas.

Elle avait une voix monocorde et éteinte comme celle d'un zombie. Je profitai de ce que je pris pour de la faiblesse :

— J'arrive.

Une demi-heure plus tard, j'étais chez elle. Elle ouvrit la porte sans me regarder. Elle était vêtue avec une élégance extrême : ce ne devait pas être pour moi.

— C'est pour Xavier que tu te fais si belle ?

— Je n'ai pas envie de t'en parler.

— De quoi as-tu envie de me parler ?

— De rien.

— Tu n'as rien à me dire ?

— Voilà.

— Menteuse. Tu es furieuse contre moi. Tu as des explosions de colère à me jeter à la figure.

— Tu es vaniteux.

— Je ne suis plus ton meilleur ami ?

— Comment pourrais-tu l'être encore ?

— Ça tombe bien. Je n'ai jamais eu envie d'être ton meilleur ami.

— Il fallait me le dire dès le premier jour.

– C'est ça que tu me reproches ? Peux-tu en vouloir à quelqu'un d'avoir été secret ?

– Secret ? Tu veux dire faux, menteur, traître ?

– Tu vois, j'avais raison : tu es en colère contre moi.

– Non. La colère est proche de l'amour. Ce que tu m'inspires, c'est du dégoût.

– Il n'y a rien de dégoûtant dans mon attitude. Je t'aime et tu ne m'aimes pas. Ce n'est la faute de personne. Je t'ai caché mon amour pendant très longtemps parce que je le savais sans espoir. J'ai commis la bêtise de te l'avouer. Il est clair que j'ai eu tort. Ne crois-tu pas que ta réaction est un châtiment suffisant ?

– Non.

– Et moi qui te prenais pour l'être le plus gentil du monde.

– C'est ça. Dis tout de suite que c'est ma faute.

– Je viens de te dire que ce n'est la faute de personne. C'est une histoire triste. Pourquoi faudrait-il en accuser quelqu'un ?

Le téléphone sonna. C'était Xavier. Pour le peu que j'entendis, il annulait leur rendez-vous de ce soir. J'en fus content. Ma bien-aimée avait le visage décomposé.

— Toujours aussi délicat, ce garçon !

— Il a beaucoup de défauts. Il n'empêche que, comparé à toi, c'est un saint.

— N'exagérons pas. Crois-tu que ce soit une raison suffisante pour ne pas le larguer ?

— Ça ne te regarde pas.

— Pendant des semaines, tu m'as raconté à son sujet les détails les plus intimes et maintenant ça ne me regarde plus ?

— Si tu savais combien je le regrette !

— Et moi, tu ne crois pas que j'ai souffert en écoutant tes confidences interminables ?

— Tu ne peux t'en prendre qu'à toi-même. Si tu m'avais dit la vérité d'entrée de jeu, je ne t'aurais jamais rien raconté.

— Si tu avais eu un rien de finesse, tu aurais pu comprendre cette vérité sans que j'aie à te la révéler. Tu disposais de trois milliards de signes pour me percer à jour.

— C'est à nouveau ma faute, sourit-elle, narquoise.

Cette expression me mit en rage.

— Tu n'es qu'une idiote. Tu gâches ta vie

avec cet imbécile qui te torture à longueur de temps et moi, dont le seul crime est de t'aimer, tu me traites comme un chien.

Elle se leva et alla chercher un miroir qu'elle me tendit.

– Crois-tu que j'ignore combien je suis laid ?

– On dirait.

– Tu es ignoble.

Elle rit.

– Bien sûr. C'est moi qui suis ignoble.

– Peux-tu imaginer ce que j'ai pu souffrir, ce que je souffre encore...

– Allons donc. Dans ton fax, tu écris que ta sale gueule est un don du ciel.

– La nuit dernière, j'étais fou à lier. Si tu savais comme je regrette...

– Pauvre martyr.

– Comment, toi, peux-tu te moquer d'un pauvre hère de mon espèce ? Je ne comprends plus rien. Tu as le cœur le plus dur et le plus insensible qui soit.

Elle éclata de rire :

– Sans aucun doute. Je vais te résumer la situation. Epiphane est l'homme le plus laid de la Terre. Il est né comme ça et il est clair que ce n'est pas sa faute : il n'y a pas moyen de l'arranger. Epiphane grandit et tombe amoureux. De qui ? D'une fille qui, d'après lui, est la plus belle de la planète. Pas de chance : cette fille, qui se nomme Ethel, ne lui rend pas son amour. Pourquoi ? Parce que c'est une créature superficielle, incapable de voir les sublimes qualités d'âme du garçon. Quel être borné que cette Ethel ! Elle devrait savoir qu'il ne faut pas s'arrêter aux apparences ! On ne voit bien qu'avec le cœur, bla bla bla. Pauvre Epiphane bafoué dans son amour pur ! Ah, si seulement il était tombé sur une fille à l'âme élevée, qui aurait vu sa beauté à travers sa laideur. Rien de nouveau sous le soleil : c'était déjà arrivé à ce malheureux Quasimodo. Ce pitoyable monstre, cette victime-née, qui n'éprouve que les sentiments les plus nobles.

Elle parlait avec des éclairs dans les yeux. Je ne l'avais jamais vue comme ça. Elle continua :

– Mais comme par hasard, quand notre Quasimodo-Epiphane tombe amoureux, ce n'est pas d'une fille laide à l'âme admirable dont il découvrirait les trésors cachés et qui serait ravie de leur conjonction spirituelle.

Non, notre héros ne cherche pas de ce côté, dédaigne même les filles au physique peu avantageux.

— A t'entendre, je serais un criminel.

— C'est mon avis. La tartuferie, c'est un crime. Monsieur-la-belle-âme qui se déclare le champion de la beauté intérieure, qui joue au martyr de son apparence, qui met en accusation notre société superficielle, ce monsieur voudrait qu'on l'aime pour ses qualités invisibles. Et moi, c'est pour quelles qualités invisibles que tu m'aimes ?

— Tu n'en manques pas.

— J'ose le croire. Mais ce n'est pas pour ces vertus que tu t'es pâmé à mes pieds.

— Qu'est-ce que tu en sais ?

— Quelle mauvaise foi ! Tu n'as pas arrêté de me parler de ma beauté.

— Ça n'exclut pas que je te trouve mille autres grâces.

— Je t'en prie. L'hypocrisie a ses limites. Avant moi, as-tu aimé ?

— Jamais.

— Alors c'est encore plus grave. Un premier amour, c'est crucial. Comment veux-tu être crédible avec tous tes beaux discours sur le combat contre les apparences quand tu as attendu de rencontrer celle que tu trouves la plus belle du monde pour tomber amoureux ? Le pire, c'est que tu me fais passer, moi, pour une salope. Mais le salaud, c'est toi ! Tu exiges de moi une grandeur d'âme dont tu serais incapable. Tu attends de moi que je sois aveugle à ton physique et tu joues à la victime parce que je n'y consens pas. Alors que, si j'avais été moche comme toi, tu ne m'aurais jamais regardée !

— C'est irréfutable. Il y a une faille dans mon comportement. Je suis incohérent, ce n'est pas un crime.

— C'est un crime, en l'occurrence. C'est affreux de recevoir une si belle lettre d'amour de quelqu'un qu'on ne peut pas aimer.

— Enfin un mot gentil !

— Ce n'est pas un mot gentil, c'est un mot de dégoût. J'aurais vendu mon âme pour recevoir une telle lettre, mais pas de toi.

— Ton Xavier serait bien incapable de te l'écrire, si c'est à lui que tu penses.

— Je le sais. Et je sais aussi que tu es le seul à être capable d'un amour pareil.

— Je ne comprends pas. Il y a deux secondes, tu m'insultais, tu disais que je t'aimais pour les pires motifs, et maintenant tu dis que mon amour est inégalable.

— Ce n'est hélas pas contradictoire. Ton amour a ses racines dans le fumier : c'est peut-être pour ça que ses fleurs sont si belles. Et c'est pour ça qu'il me répugne. Si ta déclaration d'amour ne m'avait pas bouleversée, je l'aurais trouvée pitoyable ; or je ne l'ai pas trouvée pitoyable, je l'ai trouvée dégoûtante. Comment ne pas être dégoûtée en découvrant que l'unique homme qui pourrait m'aimer comme je rêve de l'être est un monstre au faciès repoussant ?

— Tes mots me comblent et me désespèrent.

— Il n'y a pas lieu d'être comblé, Epiphane.

— Savoir que ces mots t'ont touchée, c'est déjà magnifique.

— Touchée ? Tu n'as rien compris. Ils m'ont révulsée. A la fin de ton fax, tu parles de faire l'amour avec moi. Mais pour être capable de coucher avec toi, il faudrait que je sois cinglée.

— On peut être pur et cinglé en même temps. C'est mon cas.

— Il n'y a rien de pur en toi.

— Bon. Admettons, il n'y a rien de pur en moi. Ne puis-je rien espérer cependant ?

— Rien ! Rien !

— Mais puisque mes mots te plaisent, nous pourrions vivre un amour par écrit.

— Tu es fou. Rien n'est plus physique que les mots. N'insiste pas, Epiphane. Rien n'est possible entre toi et moi. J'aurais voulu ne jamais te rencontrer.

Silence. Je tentai le tout pour le tout :

— Si. Il demeure entre toi et moi un lien que tu ignores.

— Lequel ?

— Les cornes. As-tu conservé le diadème du film ?

— Mon déguisement de taureau ? Oui.

— Peux-tu me l'offrir ? Tu n'as pas idée de la valeur qu'il a pour moi.

— A condition qu'ensuite tu disparaisses de mon existence.

— Je te le jure.

Elle alla me les chercher puis elle me les donna.

– Je ne te savais pas si fétichiste.

– Tu n'as jamais été aussi belle qu'avec ces cornes sur la tête.

J'effleurai leur extrémité avec un doigt qui s'ensanglanta.

– Attention. Elles sont dangereuses. Quand je jouais le rôle du taureau, j'ai failli mille fois éventrer le matador pour de vrai.

Elle n'aurait pas dû me dire cela. C'était de la provocation.

– N'éprouves-tu même plus de tendresse pour moi, Ethel ?

Elle me regarda avec tristesse.

– J'aimerais éprouver de la tendresse pour toi, Epiphane. J'aimerais être assez perverse ou folle pour être capable de te rendre ton amour. Si je t'avais aimé, je crois que j'aurais été follement heureuse. J'en suis au point où je me maudis de ne pas être capable de t'aimer. Et toi, je te maudis de m'avoir fait miroiter un amour aussi beau. Rien ne sera jamais possible entre toi et moi.

– Si.

– Quoi donc ? demanda-t-elle avec un soupir désabusé.

– Un baiser d'adieu.

– La belle affaire ! sourit-elle.

– Ce sera le plus grand moment de ma vie.

Elle avait retrouvé sa douceur. Elle s'approcha de moi. J'ouvris mes bras et je les refermai sur elle. Je me sentis plein comme je ne l'avais jamais été. Elle ferma les yeux pour ne pas voir ma bouche baiser la sienne.

Elle ne vit pas non plus mes mains s'emparer du diadème de taureau et lui enfoncer les cornes dans les reins. Elle poussa un cri. Je murmurai, de la voix la plus amoureuse du monde :

– Tu vois : tout est possible entre toi et moi. Et pour l'éternité.

A présent, je suis en réclusion pour assassinat. Vu les lenteurs de la justice, le procès n'aura lieu que dans un an. Je plaiderai coupable et ils feront de moi ce qu'ils voudront. Cela m'est égal.

J'ai tout mon temps pour écrire et me relire. J'ai surtout du temps pour penser à Ethel. Je n'ai pas honte de l'avoir tuée.

La chance est avec moi : on m'a décrété si nuisible que je suis tenu à l'écart dans une cellule individuelle.

C'est au cachot que Julien découvre la plénitude de l'amour avec Madame de Rênal, c'est dans une geôle que Fabrice finit par posséder Clélia. Stendhal a raison : pourvu que l'on y soit isolé des importuns, la prison est un lieu érotique.

Ici, ma laideur a cessé d'être un problème : il n'y a personne pour la voir, personne pour me la refléter. Et il m'est donné d'être enfin seul avec ma bien-aimée. Je lui suis devenu indispensable : elle n'est vraiment rien sans moi. Qui d'autre que moi peut lui rendre la vie par le souvenir ? Qui d'autre que moi, maintenant, peut assouvir son besoin d'exister ? Si Orphée avait été l'assassin d'Eurydice, peut-être aurait-il réussi à la ramener des Enfers.

Il n'y a pas d'amour impossible.

Cet ouvrage, composé
par I.G.S. - Charente Photogravure
à L'Isle-d'Espagnac,
a été achevé d'imprimer sur les presses de
Bussière Camedan Imprimeries
à Saint-Amand-Montrond

N° d'édition : 16698. N° d'impression : 4/603.
Dépôt légal : août 1997.

Imprimé en France